생의 실루엣

생의 실루엣

미야모토 테루 지음 ─ 이지수 옮김

봄날의책

차례

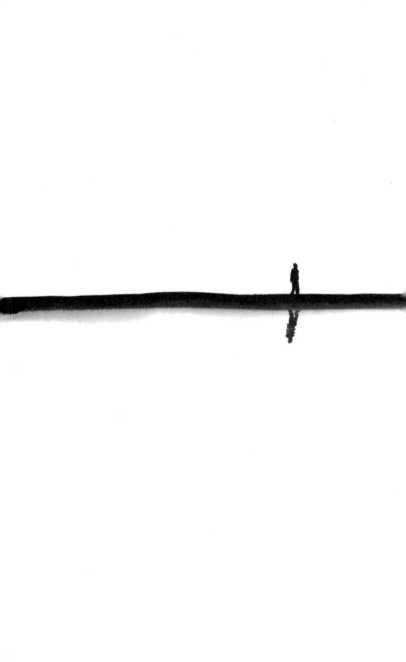

형

대학을 졸업하고 광고회사에 취직한 나는 2주간의 연수를 마치고 기획제작부라는 부서에 배치되었다. 디자이너와 카메라맨, 카피라이터가 있어 타 부서와는 다른 분위기였고, 사내에서도 그곳만 치외법권 지역이라는 느낌을 풍겼다.

사흘째 되던 날 디자이너가 나를 부르더니 책상 위에 늘어놓은 사진 열 몇 장 가운데 가장 좋아 보이는 것을 고르라고 했다. 어느 부동산 회사가 분양하는 맨션의 팸플릿에 넣을 사진을 고르는 데 애를 먹고 있다는 것이었다.

나는 젊은 부부와 어린 딸이 높은 지대에서 아래쪽 풍경을 바라보고 있는 뒷모습 사진을 골랐다. 그러자

디자이너는 다들 이 사진이 좋다고 해서 곤란한 참이라며, 팔짱을 낀 채 한숨을 크게 내쉬었다. 그러고는 광고업계에서는 사람의 뒷모습을 쓰는 것이 일종의 터부라고 가르쳐줬다. 뒷모습은 어떤 식으로 써도 외롭거든, 하고.

나는 과연 그렇구나 생각하며, 뒷모습에는 아무래도 '떠나간다'는 인상이 늘 따라붙겠지 하고 납득했다. 하지만 언제부터인지 나는 사람의 뒷모습에 끌리게 되었다. 누군가를 떠올릴 때 반드시 그 사람의 뒷모습을 마음속에 되살리는 것부터 시작한다.

어머니는 스무 살에 첫 결혼을 하고 곧바로 남자아이를 가졌지만 그 애가 아직 젖먹이일 때 이혼했다. 남편의 술버릇이 유난히 나빠서 견딜 수 없었다고 한다. 아이는 남편에게 남겨두고 가고, 평생 두 번 다시 만나지 말라는 것이 시가에서 요구한 이혼의 조건이었다.

어머니는 그로부터 약 10년 뒤에 재혼해서 서른여섯에 나를 낳았다. 그러니 내게는 열대여섯 살 위인 씨 다른 형이 있는 것이다. 외둥이인 내게는 단 하나뿐인 피가 이어진 형이다.

훗날 나는 연로한 어머니에게 전남편 곁에 두고 온

아이가 보고 싶진 않으냐고, 만약 만나고 싶다면 그리하는 게 어떠냐고 물었다.

보고 싶다고 생각한 적은 한 번도 없다. 평생 안 만나기로 약속했고, 또 보고 싶은 마음이 아주 조금이라도 생긴 적도 없다고 어머니는 말했다.

"날 신경 쓸 필요는 없어."

아무리 자기 배 아파서 낳은 제 아이라도 직접 키우지 않으면 부모 자식은 될 수 없을 거라고 어머니는 나의 말에 미소를 지으며 단호하게 말했다. 그 말투에는 이 문제는 이것으로 끝이라는 뉘앙스가 담겨 있었다.

어머니는 1991년에 일흔아홉 살로 죽었다. 그 이듬해 나는 젊은 시절 신세를 졌던 분이 중병에 걸렸다는 소식을 듣고 그가 입원해 있는 고베의 병원으로 병문안을 갔다.

병문안을 마치고 병원을 나와 얼마간 걷던 중, 그곳이 어머니의 전남편 집이 있던 동네라는 사실을 깨달았다. 나는 전남편의 집 주소도, 그와 아이의 이름도 어머니에게 직접 들었다. 내가 기억하고 있던 이유는 그 성姓이 드문 성이었고, 또 그 일대가 1945년 고베 대공습으로 모조리 불탄 땅이라는 것을 알고 있어서였다.

공습으로 불타버렸어도 전쟁이 끝난 뒤 집을 다시 지

어서 계속 살아가고 있을 가능성도 있다. 나는 그렇게 생각해서, 일테면 약간의 장난기를 발휘해 민가의 문패를 하나하나 살펴보며 걸었다. 그랬더니 10분도 채 걷지 않아 여간해서는 볼 수 없는 그 희귀한 성이 적힌 문패를 맞닥뜨렸다.

오래된 2층집이었고, 작은 대문에서 현관까지 2미터 남짓한 좁은 길에 화분 식물 몇 개가 늘어서 있었다.

나는 묘하게 당황스러워 일단은 잰걸음으로 그곳을 벗어났지만, 불현듯 씨 다른 형이 어떤 모습을 하고 있을지 알고 싶어 견딜 수 없어졌다. 나와 닮았을까……

어머니의 친척에게는 다들 공통된 특징이 있다. 갸름한 얼굴에 일본인답지 않게 얇고 높은 콧등과 뾰족한 코끝. 남자도 여자도 그 점만은 기묘할 정도로 닮았다. 너도 그 부분을 닮았다면 꽤나 미남일 텐데, 라는 말을 어린 시절 어머니 쪽 친척에게 들었다. 거기만 아버지를 닮아버렸구나, 하고.

나는 그 집 앞으로 돌아가 수상해 보이지 않도록 지나쳐 간 다음, 일부러 병원 근처까지 되돌아와서 다시 같은 길을 거슬러 갔다. 그런 행동을 대여섯 차례 반복했다.

그러던 중 나는 내가 어머니의 뜻에 반하는 짓을 하

고 있다 느꼈다. 이제 관두자 결심하고 그 집 앞을 지나
쳤을 때, 초로의 남자가 개를 데리고 나왔다.

얼굴은 보이지 않았다. 남자는 애타게 기다리던 산책
에 기뻐하는 개에게 질질 끌려 종종걸음으로 나를 앞
질렀고, 사거리에서 산 쪽으로 꺾어 가버렸다.

사는 장소, 보기 드문 성, 짐작되는 나이대, 호리호리
한 체격에 큰 키……. 나의 아버지 다른 형이 분명하다
고 생각할 수밖에 없을 듯했다.

급한 비탈길을 개에게 끌리듯 올라가던 그 사람은 한
번도 뒤를 돌아보지 않았지만, 그것은 '떠나가는 사람'
의 뒷모습이 아니었다.

나는 그 뒷모습에 대고 뭐라고 한마디 말을 걸고 싶
은 급작스러운 충동을 억누르지 못했다. 큰소리로 그
사람의 이름을 외쳤다. ○○ 짱*. 그리고 그 사람이 뒤
돌아본 것과 동시에 뛰어서 달아났다.

내가 다시 그 집 앞에 설 일은 결코 없을 것이다.

---

* 사람의 이름이나 별명 등의 뒤에 붙여서 친근감을 나타내는 호칭.

중국 신장 웨이우얼 자치구의 남서쪽 끝에 타스쿠얼간
이라는 국경 마을이 있다. 실크로드의 톈산남로에서
옛 간다라˙ 지방으로 가기 위해 파키스탄에 입국하는
사람은 반드시 이 마을을 거쳐야 한다. 그 반대 코스로
가는 사람도 마찬가지다.

　타스쿠얼간에 도착하기 전에 마주치는 타클라마칸
사막 주변 오아시스 마을은 위구르인의 땅이지만, 타
스쿠얼간에는 타지크족˙이 산다. 그들은 예부터 유목
민이었고 지금도 여전히 낙타에 가재도구를 싣고 가

˙ 현재의 아프가니스탄 동부와 파키스탄 북서부에 자리했던 고대 왕국.
˙ 중국의 소수민족 중 하나로 중국 내의 유일한 이란계 민족.

족과 함께 산악지대에서 초원으로, 초원에서 습원으로 계절을 따라 이동하며 야크와 양을 모는 생활을 이어나가고 있지만, 조상 대대로 물려받아온 생활양식을 버린 사람들은 타스쿠얼간의 거주지에 뿌리를 내린 것이다.

그곳은 카라코람산맥, 쿤룬산맥, 힌두쿠시산맥으로 세 면이 둘러싸여 있고 남쪽에는 파키스탄과 인도, 서쪽에는 아프가니스탄, 북서쪽에는 타지키스탄과 우즈베키스탄, 더 북쪽으로 가면 키르기스스탄과 카자흐스탄, 남동쪽으로 가면 티베트가 나오는 땅으로 표고는 3,700미터, 후지산 정상과 거의 같은 높이에 위치한 작은 고원 마을이다.

민족의 십자로라 불리는 땅에서 유목 생활을 이어온 타지크족의 생김새는 다종다양하여, 일본인과 구분되지 않는 얼굴을 한 사람도 있는가 하면 금발에 눈이 파란 사람도 있다. 마케도니아 알렉산드로스 대왕의 대원정으로 유럽인의 피도 섞인 것이다.

하지만 피가 섞인 것은 딱히 타지크족뿐만은 아니다. 광대한 유라시아 대륙에서는 고대 소그드•계, 슬라브

• 중앙아시아의 제라프샨강 유역에 살았던 이란계 농경민족.

민족, 몽골 민족, 페르시아계 등의 피가 뒤섞여 신비로운 깊이를 가진 용모의 사람들이 계속 태어났다.

나는 1995년 6월에 중국 산시성의 시안에서 출발하여 30일 걸려 타스쿠얼간에 도착했다.

그곳에서 하루 묵지 않더라도 무리하면 그날 안에 중국을 떠나 파키스탄 영내로 들어갈 수 있었지만, 길 중간을 가로막고 있는 표고 약 5,000미터의 쿤자랍 고개를 고산병에 걸리지 않고 넘을 수 있을지 불안했다. 나는 3,700미터의 고지대에서 하룻밤 묵으며 희박한 공기에 몸을 순응시킨 뒤 쿤자랍 고개에 도전하는 편이 상책이라 생각했다.

이는 현명한 선택이었다. 일본열도와 넓이가 거의 같은 죽음의 사막 타클라마칸과 일본열도와 길이가 거의 같은 톈산산맥 사이에 끼여 있어서 낮 동안은 기온이 43~44도에 달하는 실크로드를 30일 동안 여행해온 나는 그야말로 피로가 극에 달해 있었기 때문이다.

그런 내게 200미터 남짓한 길 양쪽으로 포플러 가로수와 창고나 가게가 한산하게 늘어서 있을 뿐, 사람도 거의 없이 들새 울음소리만 들려오는 땅끝 마을은 어딘가 맑고 깨끗한 표정을 띠고 있어 안녕한 하룻밤을 제공해줄 듯한 분위기를 풍겼다.

나무와 점토와 돌로 세운 딱 한 채뿐인 호텔은 간소하긴 했으나 깔끔하게 청소한 흔적이 있었다. 구석구석 빈틈없이 청소한 것은 아니었지만 역시 이곳이 국경마을에 있는 호텔이고, 여러 이웃 나라를 오가는 거친 상인들이 묵는다는 것을 암시하는 넓이를 생각하면, 적은 종업원으로는 이게 최선이리라 이해했다.

호텔에는 아직 열예닐곱 살밖에 안 되어 보이는 타지크족 여자 종업원이 홀로 있을 뿐이었다.

나에게 배정된 2층 방은 길 쪽이었고, 작은 석탄 난로가 놓여 있었지만 아직 쓸 일이 없을 것 같았다. 창밖으로는 카라코람산계의 새하얀 7,000미터급 봉우리들이 보였다.

침대에서 두 시간쯤 숙면을 취한 나는 이렇게 깊이 잠든 것은 시안을 출발한 뒤로 처음이라 생각하며 손목시계를 봤다. 오후 다섯 시였지만 해는 여전히 높게 떠 있었다.

나는 내 발소리가 커다랗게 울리는 나무 계단을 내려가 프런트로 갔다. 그리운 건물 안에 있는 듯한 기분에 잠겨 천장과 벽을 둘러보다가, 초등학생 시절의 학교 건물과 비슷하다는 것을 깨달았다. 머리카락은 검은데 눈은 진초록인 프런트 직원에게 손짓 몸짓으로 파키스탄에서 오는 버스는 여기가 종점인지 물어봤다.

소녀는 지도를 꺼내 와 설명해줬다. 버스는 국경 검문소를 반환점 삼아 파키스탄으로 되돌아간다. 검문소부터는 중국 버스만 운행할 수 있다…….

고작 그것을 서로가 이해하는 데 어지간히 시간이 걸렸고, 소녀는 몇 번이나 부끄러운 듯 얼굴을 붉혔다.

검문소에서 온 버스가 도착하여 손님 다섯 명이 호텔로 들어왔다. 다들 커다란 짐을 세 개씩 네 개씩 부둥켜안고 있다. 나는 그 다섯이 각기 다른 민족이라는 것은 알았지만, 틀림없는 파키스탄인, 틀림없는 위구르인하고 구분이 가는 사람은 둘뿐이었고 나머지 셋은 어느 나라 사람인지 짐작조차 할 수 없었다.

『삼국지』에 나오는 산적 두목은 분명 이런 얼굴이었겠구나 싶은 사람. 런던의 박물관에서 본 고행 중인 석가상과 비슷하게 생긴 사람. 그리고 모던 재즈로 유명한 흑인 베이스 연주자를 쏙 빼닮은 사람…….

갑자기 바빠진 소녀는 손님들의 여권을 검사하거나 숙박 카드의 기록사항을 설명하거나 방을 배정하는 등 홀로 분주히 돌아다니고 있었다.

그 소녀와 손님들의 얼굴을 훔쳐보며 담배를 피우던 차에, 현관에서 떨어진 곳의 문 뒤에 서 있던 어린 남자애와 여자애의 모습이 눈에 들어왔다.

남매로 보였고, 열 살쯤 되는 남자애는 대여섯 살짜리 여자애의 손을 잡아끌고 있었다. 여동생은 이쪽을 보며 울고 있었고, 그것을 오빠가 달래는 모습이었다. 여동생은 오빠에게 혼날까 봐 흐느끼면서도 문에서 이쪽으로는 다가오려 하지 않았다.

나는 어린 남매의 시선이 프런트 직원을 향해 있는 것을 눈치챘다. 프런트의 타지크족 소녀도 바쁘게 일하면서 문 쪽을 걱정스레 쳐다보고 있다.

이윽고 어디선가 중년의 한족 여자가 프런트로 와서 타지크족 소녀와 교대했다. 말은 알아듣지 못했지만 둘이 대화하는 모습으로 보아, 버스도 한족 종업원도 호텔 도착이 예정보다 늦어져 타지크족 소녀가 자신의 근무시간보다 훨씬 오래 일해야 했을 거라고 추측했다.

나는 호텔 현관에서 나와 문으로 걸어가 프런트 쪽을 가리키며

"누나는 이제 곧 올 거야."

라고 말했다. 나이대로 짐작건대 이 두 어린아이가 프런트 소녀의 자식으로는 보이지 않았고, 셋의 생김새는 비슷했다.

나의 일본어에 깜짝 놀란 남매는 손을 잡은 채 동그

란 눈으로 나를 똑바로 올려봤다. 남자애의 눈은 옅은 갈색이었고 여자의 눈은 희미한 푸른색이었으며, 입고 있는 옷은 허름했으나 결코 비굴하게 알랑거리지 않는 무언가를 그 눈 속에 감추고 있었다.

일을 마친 누나가 호텔 뒷문 쪽에서 종종걸음으로 다가와 웃으며 손등으로 여동생의 눈물을 닦아줬고, 그 손으로 남동생의 등을 쓰다듬었다. 세 사람은 강아지들처럼 서로 장난치며 길 막다른 곳의 무너진 돌담 건너편으로 사라졌다.

밤에 추워서 잠이 오지 않아 스웨터 세 장을 겹쳐 입고 창을 연 뒤, 몸을 살짝 내밀어 땅끝 마을을 뒤덮은 안개를 바라보았다. 그것은 이미 안개가 아니라 구름이었다.

세 사람이 사라진 쪽으로 시선을 던지자 돌담 건너편, 길로부터는 상당히 낮게 꺼져 있는 일대에서 인가의 불빛이 드문드문 보였다. 그곳에 타지크족의 거주지가 있다는 것을 낮에는 몰랐다. 그것은 땅끝에서도 맨끝의 불빛이라고밖에 달리 표현할 길이 없을 듯했다.

바람은 굽이치고 구름은 소용돌이를 그리며 거주지의 불빛이 만들어내는 별의 알갱이 같은 것 속으로 흘러들어가, 우주 어딘가의 성운으로 보였다.

내가 열두 살이 되던 해 초여름, 집 근처에 있던 작은 오코노미야키˙ 가게의 노부부가 갑자기 모습을 감추고 서른다섯 살 남자와 스물두 살 여자가 와서 그곳에 오뎅˙ 가게를 열었다.

　두 사람은 부부라고는 했지만 누가 봐도 '사연 있는' 사이였고, 모습을 감춘 노부부와는 어떤 관계이며 어떤 경위로 그 점포 겸 주거용 2층집의 새 거주자가 되

˙ 고기, 해산물, 양배추 등의 식재료가 든 밀가루 반죽을 뜨거운 철판에 구워서 먹는 요리.

˙ 가다랑어와 다시마 육수에 곤약, 무, 어묵, 삶은 달걀 등 각종 식재료를 넣고 푹 끓여 먹는 요리. 한국에는 오뎅이 어묵이라고 알려져 있으나 어묵은 오뎅이라는 요리에 들어가는 식재료 중 하나일 뿐이다.

었는지 불분명했다. 무엇보다 그 노부부는 어디로 가버렸는가…….

즉시 동네에는 각종 억측으로 생겨난 소문이 과장과 허풍을 덧붙여서, 심지어 신중하고도 낮은 목소리로 어지러이 날아다녔다. 오뎅 가게 주인이 된 남자가 무서웠기 때문이다. 찾아오는 손님 대부분이 그쪽 세계 사람 같은 자들이었고, 손님들보다 주인이 먼저 만취해서 날뛰면 도무지 손을 대지 못할 만큼 힘이 셌던 것이다.

"험상궂음이란 걸 그림으로 그리면 그 녀석 얼굴이 될 게야."

소동이 일어날 때마다 통보를 받고 썩 내키지 않는 표정으로 주의를 주러 오는 경찰이 묘한 부분에서 감탄한 듯 아버지에게 말했다. 당시 아버지는 오사카 시내에서 가장 큰 월 단위 대여 주차장의 관리를 맡고 있었는데, 그 사무실은 운전사들이나 근처 상점의 주인들이 시간을 때우려고 놀러 오는 곳이기도 했다.

따라서 그곳에는 근방에서 생기는 온갖 뉴스가 모여들었지만, 오코노미야키집 노부부의 소식에 관해서는 확실한 정보가 없었다.

어느 날 밤 오뎅 가게 앞의 좁은 골목을 걷고 있던 나를 아버지가 불렀다. 목소리는 오뎅 가게 안에서 들려왔다. 반쯤 열린 문 안쪽을 들여다봤더니 아버지가 오뎅을 먹으며 잔술을 마시고 있었다.

이렇게 맛있는 오뎅을 파는 집인 줄 몰랐구나. 너도 먹어보렴.

아버지가 집요하게 권하기에 나는 하는 수 없이 가게로 들어가서 아버지 옆에 걸터앉아 오뎅을 먹었다. 한시라도 빨리 그 가게를 벗어나고 싶어서 안절부절못했지만 아버지가 맛있다고 칭찬한 오뎅은 그 어떤 오뎅집에서 파는 것보다 맛이 좋았다.

"오뎅은 소 힘줄로 낸 육수가 생명이지."

남자는 이렇게 말하고는 아버지의 허벅지보다 두꺼워 보이는 팔뚝으로 자신의 컵에 차가운 술을 부어 마시기 시작했다. 아내라는 젊고 뽀얀 여자가 임신해 있는 것을 나는 그때 처음 알았다.

아버지는 일주일에 한두 번 그 오뎅집에 가게 되었고, 언젠가 노부부의 행방을 물었다. 자네가 죽이고 쇳덩이를 매달아서 어느 강에 가라앉혔다던데, 하고. 남자는 "들켰나." 하며 웃었다고 한다.

주차장 사무실에 모이는 사람 중 하나가 몇 년인가 전에 도비타 유곽에서 그 여자를 본 적이 있다고 했다.

나는 열두 살이었지만 도비타 유곽이 어떤 곳인지 알고 있었다. 말수가 적고 이렇다 할 특징이 없는 여자의 용모와 도비타 유곽이 내 안에서는 아무리 해도 연결되지 않았다.

남자가 새벽녘에 거의 의식을 잃은 상태로 집에 돌아온 것은 10월 중순쯤으로 기억한다. 얼굴은 거의 두 배로 부어올랐고 한쪽 귀는 너덜너덜 찢어졌으며 두 주먹은 뼈가 골절되어 있었다 한다. 남자는 의식을 되찾지 못한 채 사흘 뒤에 죽었다.

어딘가에서 여러 명을 상대로 싸움을 했는지, 아니면 원한을 가진 자들에게 습격당했는지 머리와 몸 여기저기가 골절되었고 내장도 손상을 입었다.

아버지가 짧은 기간에 그 오뎅 가게 부부와 어떤 교우 관계를 맺었는지 나는 모르고, 남편을 갑자기 잃은 홀몸이 아닌 아내와 어떤 이야기를 나눴는지도 알지 못한다.

그러나 아버지는 어느 부부 한 쌍이 곧 태어날 아이의 부모가 되도록 이야기를 마무리 지었다.

그것은 아버지가 꺼낸 제안은 아니었다. 잡담 삼아 오뎅 가게 부부의 일을 화제에 올렸을 때, 고시엔구장 근처에서 두부 가게를 하는 부부 쪽에서 먼저 청했던 것이다. 부부에게는 자식이 없었고 둘 다 마흔이 넘어 있었다.

아버지는 반쯤 농담으로 들으며 일시적인 충동으로 정할 사항이 아니고, 남의 자식을 키우는 일은 개나 고양이 새끼를 얻어 오는 것과는 다르다고 거듭 말했다. 그러나 부부의 결심은 굳건했다.

이야기를 들은 어머니 역시 그 부부와는 친했기 때문에 얼마나 아이를 원하는지도 잘 알고 있었지만, 오뎅 가게 여자가 그러기를 바란다 해도 우리가 중개를 맡는 것은 결단코 반대라고 말했다.

입 밖으로 꺼내지는 않았으나 어머니는 어떤 천성을 지닌 아이가 태어나서 어떤 식으로 자라날지를 걱정했을 터다.

아이를 자기네 양자로 데려오기를 희망하는 부부는 득달같이 아버지를 찾아와 자신들은 그 아이를 반드시 소중히 키울 거라며 중개를 간곡히 부탁했다.

오뎅 가게 여자는 만약 아이를 받아줄 부부가 있다면 자기는 출산 후 몸조리를 한 뒤 갓난아기를 건네주고 재빨리 모습을 감추어 두 번 다시 나타나지 않겠다고 맹세했다 한다.

그 뒤 어떤 거래가 있었는지 나는 모르지만, 태어난

남자아이는 두부 가게 부부의 양자가 되었다. 분명 아이가 태어나고 2주쯤 지나 오뎅 가게가 있던 점포 겸 주거 건물은 빈집이 되었고 머지않아 새 거주자가 들어왔다.

나는 열여덟 살 때 여섯 살이 된 그 아이를 만났다.

대학 시험에서 떨어진 나는 재수생이 되어 이듬해 수험을 노리던 중이었는데, 아버지가 사업에 실패하여 추심꾼이라 불리는 남자들에게 쫓기는 나날이 시작된 탓에 재수학원에는 못 가고 있었다. 추심꾼이 재수학원 근처에서 매복하며 나를 기다렸던 것이다.

어느 날 아는 사람을 통해 아버지로부터 연락이 와서, 소네자키의 오하쓰텐진 근처에 있는 찻집에서 아버지를 만났다.

두부 가게 부부를 기억하냐고 아버지는 물었다. 그리고 이렇게 말을 이었다.

그 애도 올해 초등학생이 되었다고 한다. 자신의 엄마 아빠가 친부모가 아니라는 사실을 아직 모른다. 언젠가 알 때가 오겠거니 해서 아직은 이야기하지 않았다고 들었다. 나는 부부에게는 갓난아기의 아버지가 사고로 죽었다는 것, 어머니가 아이를 기르지 못한다는 것만 말했다. 그 외의 질문에는 대답하지 않았다. 갓난아기의 아버지와 어머니가 어떤 사람인지, 왜 자식을 남에게 보내는지, 그 가운데 하나라도 알게 되면 어떤 선입관이 생긴다.

그래서 가르쳐주지 않는 거라고 두부 가게 부부에게 말했다. 부부도 나의 참뜻을 이해해서 아이의 부모에 대해 질문하지 않았다.

나는 그 아이가 세 살이 되었을 즈음 모습을 보러 간 적이 있다. 두부를 만드는 작업장에서 아버지를 흉내 내며 놀고 있었다. 나는 어린애의 얼굴을 그렇게 유심히 관찰한 적이 없다. 사랑받으며 소중히 키워지고 있다는 것을 잘 알 수 있었다.

사정이 있어서 내일 부부와 그 아이가 오사카에 온다. 낮부터 저녁까지 네가 그 애를 돌봐줘라. 어디 유원지에라도 데려가주면 좋아하겠지…….

아버지는 나에게 1,000엔짜리 지폐를 석 장 건네며 세 사람과의 약속 장소를 알려주고 다급한 발걸음으로 찻집을 떠났다.

골치 아프게 되었다고 생각했다. 여섯 살짜리 아이와 낮부터 저녁까지 지루하지 않게 놀아주는 곡예는 나한 텐 무리다. 그런 일은 사양하고 싶다.

아버지의 일방적인 강요에 화가 나면서도, 내 마음속

한구석에서는 여섯 살이 된 그 오뎅 가게 부부의 아이가 보고 싶다는 생각도 싹트고 있었다.

그 난폭한 술고래를 아버지로, 자기 혼자서는 못 키운다며 낳기도 전에 제 자식을 남에게 맡기기로 작정한 여자를 어머니로 두고 태어난 아이는 어떻게 자라고 있을까……. 나는 그리 생각했던 것이다.

다음 날 지정된 오사카역에서 나는 세 사람을 만났다. 저녁 여섯 시까지는 반드시 용무를 마치고 여기서 기다리겠노라 약속하고, 부부는 지하철 개찰구를 향해 계단을 내려갔다.

여섯 살 소년의 이름을 S라 해두자.

S는 낯가림이 없고 까불거리며 이것저것 연신 질문을 퍼붓는 아이였다.

내가 다카라즈카에 있는 유원지로 가기 위해 한큐 전철을 타는 역으로 발걸음을 내딛자마자

"대학 시험에는 왜 떨어졌는데?"

하고 S가 물었다.

"공부가 싫어? 공부는 하루 게으름 피우면 다음 날 사흘 치 괴롭다던데."

일일이 아픈 데를 찌르는 꼬맹이라고 생각하며, 나는 S의 이목구비에서 친부모의 모습을 찾아봤다. 닮은 데

가 있는 듯도 했지만 전혀 안 닮은 것 같기도 했다.

"그거, 네가 만날 엄마 아빠한테 듣는 말이지?"

내 말에 S는 엄마한테, 라고 대답했다. 그래서 여름방학 숙제인 일기는 벌써 열흘 치나 미리 써버렸다고.

내가 소리 내어 웃었더니 S도 의기양양하게 웃었다.

다카라즈카의 유원지에 도착하자 나는 좋아하는 놀이기구를 마음껏 타라고 말했다. 그렇게 해서 시간이 흘러가주는 것이 내 입장에서는 편했다.

그러나 핫도그 매장 옆의 벤치에서 쉬던 중 발밑의 개미 행렬을 발견한 나는, 초등학생 시절 유행했던 놀이를 떠올리고는 캐러멜을 사서 핥다가 입안에서 녹기 시작한 그것을 개미들 근처에 뒀다. 30분만 지나면 캐러멜이 완전히 안 보일 만큼 개미 대군으로 뒤덮인다.

그 주변의 흙을 삽으로 떠서 유리병이나 금붕어용 수조에 넣으면 개미들은 거기서 집을 만들기 시작한다. 이윽고 유리를 통해 개미집의 전모를 관찰할 수 있게 된다. 먹이는 인간이 먹는 거라면 뭐든 괜찮다. 어딘가한 군데에 물을 넣은 용기를 두는 것도 잊어서는 안 된다. 개미는 유리를 기어오르지 못하니 뚜껑을 덮을 필요는 없지만 밤에는 덮어두는 편이 좋다. 개미도 밝으면 못 잘 테니까.

개미집이 얼마나 면밀한 기능을 갖춘 구조인지도, 알이 부화하는 모습도, 새끼 개미가 어떻게 길러지는지도 유리를 통해 코앞에서 볼 수 있다……

나의 끝없이 이어지는 설명을 S는 소년 특유의 반짝이는 눈으로 열심히 듣고 있었다. 그러더니 이 개미들을 집에 가져가고 싶다고 말을 꺼냈다.

좋아, 그렇게 하자. 그러려면 어항과 작은 삽이 필요해.

나는 S에게 이 자리에서 움직이면 안 된다고 일러두고는 유원지를 나와서 어항과 삽을 사러 역 주변을 돌아다녔다. 유원지에서 아이와 놀아주는 데 지친 나는 얼른 오사카역으로 돌아가고 싶었던 것이다.

네모난 수조를 찾아다녔지만 입구 주위가 물결 모양으로 된 둥근 어항밖에 팔지 않았다. 역에서 멀리 떨어진 철물점에서 겨우 원예용 삽을 발견해서 S가 있는 곳으로 돌아가기까지 한 시간 가까이 걸렸다.

S는 쪼그려 앉아 도톰하게 부풀어 오른 검은 덩어리를 정신없이 들여다보면서 나를 기다리고 있었다.

나는 유원지 나무 아래의 흙을 어항에 반쯤 차도록 넣고, 개미들과 캐러멜과 그 주변의 흙을 떠서 처음 넣은 흙 위에 얹었다.

그 작업을 하는 나를 S는 어항 건너편에서 내내 바라보고 있었다. 어항의 굴곡진 유리 너머로 보인 것은 친아버지를 쏙 빼닮은 S의 얼굴이었다.

그로부터 두 달쯤 지나 S에게 엽서를 받았다. 개미는 건강해요, 고마워요, 라고 쓰여 있었다. 나는 그 짧은 문면을 몇 번이나 되풀이해 읽으며, S가 태어나기 얼마 전 취한 듯한 아버지가 혈통서가 안 딸려 있는 놈은 인간이 아니라는 거냐고 고함치듯 말했던 것을 떠올렸다.

S는 고베 대학을 졸업하고 큰 건축회사에 취직했지만 서른다섯 살 때 한신·아와지 대지진˚으로 죽었다. 약혼자가 있었다고 한다. S가 죽은 나이가 친아버지의 그것과 같다는 사실을 나는 얼마 전에 깨달았다.

˚ 1995년 1월 17일 일본의 고베시와 한신 지역에서 발생한 리히터 규모 7.3의 대지진. 2011년 3월 11일에 동일본 대지진이 일어나기 전까지 일본 지진 관측 사상 가장 큰 규모의 지진이었다.

재작년 여름이 끝나갈 무렵, 거의 20년 만에 큰 태풍이 가루이자와를 직격했다.

내가 가루이자와를 여름 작업장으로 삼게 된 것은 서른세 살부터였다. 그 전해 1월에 폐결핵으로 입원했기 때문이다.

이미 소설가가 되어 있었던 터라 만원 전철로 통근하며 회사에서 일하지 않아도 되는 사람이니까, 하며 의사가 일찌감치 퇴원시켜줬다.

입원 기간은 6개월로 짧았지만 치료가 끝난 것은 아니었다. 약을 먹으며 집에서 안정을 취하고 2년 정도는 요양에 힘쓰는 것이 퇴원의 조건이었다.

가을 즈음에 가루이자와에 사는 지인으로부터 전화

가 와서, 내년 여름은 이쪽에서 보내라며 다짜고짜 강경한 말투로 권했다. 그 사람은 작은 임대 별장까지 찾아줬다.

차마 거절하지 못해서 이듬해에 가루이자와에서 여름을 보냈는데, 고원의 피서지는 나보다 어머니의 몸에 잘 맞았다. 어머니는 그 몇 해 전부터 간사이의 뜨거운 여름에 타격을 입어 더위를 심하게 먹었기 때문이다.

내가 여름 작업장을 가루이자와로 정한 지도 벌써 30년쯤 되어간다.

여름을 고대했던 어머니는 18년 전에 세상을 떠났지만, 산책하러 가면 반드시 들꽃을 꺾어서 돌아오던 어머니의 웃는 얼굴을 나는 가루이자와에 도착할 때마다 거의 반사적으로 떠올린다. 내 안의 행복한 기억 중 하나다.

가루이자와가 태풍 피해를 입는 일은 드물지만, 재작년의 태풍은 아직 태평양 위에 있을 때부터 나가노현과 군마현의 경계에 있는 고원의 한 점을 노리는 것처럼 보였다. 단순한 직감이었으나 뉴스에서 보도하는 태풍 정보 중 기상위성에서 찍은 소용돌이는 고신에쓰 지방˚ 전체보다 크게 느껴졌다.

태풍으로 쓰러진다면 어느 나무일까, 나는 작업장 주위에 자생하는 잎갈나무를 보며 생각했다. 20년 전의 태풍은 두께 50센티미터짜리 거대한 녹나무를 정확히 둘로 꺾어서 근처 별장에 도끼로 쪼갠 듯한 피해를 끼쳤다. 그것이 숲을 덮치는 강풍의 무서움이라는 것을 나는 20년 전 뼈저리게 느꼈다.

나무가 너무 많아서 빨래가 안 말라, 잘 꺾이는 잎갈나무 가지가 언제 머리 위로 떨어질지 모르잖아, 적어도 저것과 저것과 저 세 그루는 잘라두는 편이 좋지 않을까. 아내에게 그런 말을 들은 지 몇 년이 지났지만 나무가 적은 가루이자와에 무슨 이득이 된다고, 자르는 건 간단하지만 이렇게 자라나는 데 몇십 년 걸렸는지 알아, 하고 잘난 척 대꾸해온 나는 태풍이 상륙하여 고신에쓰 지방에 일직선으로 다가온 저녁 무렵이 되자 역시 저것과 저것과 저것은 잘라두는 편이 좋았다며 후회했다.

강풍은 이제 시작이었건만 모든 나무들이 당장이라도 꺾일 듯 휘청거렸고 비도 소용돌이를 그렸다.

직감이 들어맞았다. 이건 20년 전보다 더 큰 피해를

• 야마나시현, 나가노현, 니가타현의 총칭.

끼칠 태풍일지도 모른다고 생각했지만, 그렇다 해서 어쩌면 좋을지는 알 수 없었다.

일단 덧문을 모조리 닫고 욕조에 몸을 담그자…….

그런 긴박한 때 욕조에 몸을 담가서 어쩌자는 건지 스스로도 알지 못한 채, 마음만은 다급히 텔레비전의 태풍 정보를 보고 있던 차에 정전이 되었다.

그렇군, 정전이라는 사태의 가능성을 깜빡하고 있었구나 생각하며 회중전등과 양초를 찾았다. 그렇다 해도 실제로 움직인 것은 가족들이고 나는 거실 의자에 앉아 눈만 움직일 뿐이었지만, 전기가 끊긴 어둠 속에서는 아무것도 보이지 않는다. 요컨대 나는 아무런 도움도 되지 않았다.

정전이 된 것은 저녁 일곱 시 무렵이었고 불을 밝히기 위해 필요한 건전지와 양초가 다 닳은 것은 깊은 밤 한 시였다.

차 안에 회중전등이 상비되어 있다는 것이 떠올랐지만 그걸 가지러 가는 것은 너무 위험하다. 나무들의 가지가 꺾이는 소리와 꺾인 가지가 날아들어 집 벽과 창문과 지붕에 부딪히는 소리의 무시무시함은 무수한 흉기가 끊임없이 덮쳐오는 듯한 공포에 젖게 한다.

실제로 그것들은 흉기나 다름없고 불빛은 모조리 꺼

졌다. 어떻게 집에서 나가 차까지 도착할 것인가.

발버둥 쳐도 소용없다. 자자. 쓰러진 거목에 집이 무너진다 한들 그때의 일이다.

"자, 죽여라, 로구나."

하며 나는 일회용 라이터의 불빛에 의지하여 2층 침실로 가 이부자리 위에 드러누웠다. 라이터의 가스도 닳아가고 있다. 얼마 안 남은 가스는 만일의 경우를 대비해 남겨둬야 한다.

달빛도 별빛도 없는 칠흑의 어둠은 자신이 눈을 떴는지 감았는지조차 모르게 만든다는 것을 그때 처음 알았다. 동시에 그런 상황에 놓이면 인간의 뇌에서는 즉시 센서가 발동하여 청각과 촉각과 후각이 잠들어 있던 능력을 활짝 펼친다는 것도 알게 되었다.

그전까지 들리지 않던 소리가 들리고, 나지 않던 냄새가 나고, 베개 커버의 미세한 주름을 목덜미로 느낀다.

이부자리에 드러누운 지 10분도 채 지나지 않았을 때, 나는 바람의 덩어리가 태풍의 눈을 중심으로 소용돌이 형태로 덮쳐오고 있다는 것을 알아차렸다.

내 몸 왼쪽의 먼 곳으로부터 바람이 굽이치는 소리가 나고, 그것은 단숨에 커지며 가까이로 다가와 집 주변

의 모든 것을 바람의 소용돌이로 끌어들이고는 오른쪽
으로 옮겨가 멀어진다. 그 바람은 다시 왼쪽에서 원을
그리며 돌아온다. 그것이 반복된다. 새에게는 새가 나
는 길이 있고 바람에게는 바람이 지나가는 길이 있다
는 말은 사실이었다.

자, 다시 온다, 아까의 바람이, 하고 경계하고 있으면
이곳저곳의 나무를 꺾으며, 가지를 날려버리며, 거대
한 소용돌이가 되어 바람이 덮쳐온 뒤 또다시 원래의
장소로 되돌아간다. 그 간격은 대략 30초에서 40초로,
그보다 짧아지지도 길어지지도 않는다.

나는 어린 시절 강가에서 살았다. 오사카 시내를 흐
르는 도지마강과 도사보리강은 그 사이에 끼인 나카노
시마의 서쪽 끝에 이르면 우리 집 근처에서 합쳐져 아
지강으로 이름을 바꾼다.

태풍이 오면 학교가 쉬기 때문에 그 계절에는 태풍의
습격을 고대하는 아이가 많았다.

하지만 쇼와 30년대● 중반쯤까지 오사카에는 수상생
활자가 많았고, 그 사람들에게 태풍은 그저 생활의 기

● 1955~1964년.

반을 모조리 빼앗아가는 것일 뿐이었다.

내가 초등학교 2학년이던 해 여름, 거대한 태풍이 오사카를 직격했다.

그날 저녁 아버지는 창문이라는 창문은 모두 널빤지로 틀어막았고, 어머니는 주먹밥과 계란말이를 만들었으며, 물통과 양동이를 있는 대로 꺼내어 물을 담아 태풍에 대비했다.

한밤에 만조를 맞이한 강은 부풀어 올라 역류했고, 높아질 대로 높아진 밀물이 집 마루 위까지 밀려 올라왔다. 늘 베갯머리에서 울리던 시영 전철 소리도 강을 오가는 통통배 소리도 없이, 강우와 강풍과 높아진 밀물이 만들어내는 파도가 입맛을 다시는 듯한 불길한 소리에 둘러싸여 나는 행복한 어둠 속에 있었다. 어째서 행복했는지는 잊었다.

한밤중에 기묘한 소리에 눈을 떴다. 요의가 아니라 그 소리 때문에 눈을 떴다는 것만은 기억하고 있다.

소리는 도사보리강에서 들려왔고, 소리를 내는 물체는 상류에서 회전하며 하류로 이동하고 있었다.

창문은 널빤지로 틀어막은 데다 시내 전체가 정전되어서 대체 그것이 무엇인지, 과연 실제로 회전하고 있는지 확인할 방도도 없었지만, 일곱 살이었던 나는 아버지와 어머니 사이에서 내 천川 자 모양으로 이부자리에 드러누운 채 심상치 않은 일이 벌어지고 있다고 느꼈다.

나는 아버지를 흔들어 깨워 강에서 많은 사람들이 죽고 있다며 울었다.

걱정할 필요 없어, 바람이 이렇게 세니까 이런저런 물건이 떠내려오겠지, 쓸데없는 공상 하지 말고 자렴.

아버지는 그리 말하고는 내가 일어나지 못하도록 팔로 누르며 또다시 코를 골기 시작했다. 태풍이 오는 날엔 너한테 기응환*이 필요하구나, 어머니가 잠에 취한 목소리로 말하며 나를 화장실에 데려가줬다.

"엄청 많은 사람들이 죽고 있어."

"어디서?"

"저기 도사보리강에서."

"알았어, 알았어."

어머니는 마음을 가라앉히고 귀를 기울여보라고 내게 말했다.

"아무것도 안 들리지? 그냥 바람 소리야."

• 경기 혹은 그것을 원인으로 어린아이가 밤에 울거나 설사를 하는 데 효과가 있다고 알려진 환약.

이부자리로 돌아온 나는 뭔가가 회전하며 교각에 부딪히는 소리를 들은 듯했지만, 그것은 아지강으로 나아가자 낌새 자체가 사라져버렸다. 그리고 나는 잠이 들었다.

다음 날 아침, 창고가 줄지어 서 있는 아지강 하류 100미터 정도의 벼랑 근처에서 가라앉은 숙선宿船으로부터 가족 넷의 유체가 떠올랐다. 당시 수상생활자의 거처였던 조그만 배를 숙선이라고 불렀다.

상류의 요도야교橋 기슭을 정주 장소로 삼았던 그 숙선이 강풍에 휩쓸려 떠내려왔다는 것은 누가 봐도 명백했지만, 어째서 가족 넷이 가라앉을 때까지 배 안에 계속 있었는지, 왜 어쩔 도리 없이 아지강까지 쭉 떠내려왔는지는 강 생활에 익숙한 다른 수상생활자들도 알지 못했다.

배가 회전을 거듭하며 우안으로 좌안으로 교각에 부딪혀서 가족들이 배 안 어딘가에 머리나 몸을 찧었고, 그러다 꼼짝할 수 없어진 것이 아닐까. 지금이라면 이렇게 설명하겠지만, 일곱 살의 나는

"빙글빙글 돌아서 눈이 핑핑 돈 거야."

라고 잠꼬대처럼 되풀이할 뿐이었다.

그때 아버지가 숙선이 떠내려가는 것을 알아차렸다면 그 가족은 죽지 않았을까. 나는 바람과 함께 가루아자와의 숲 전체가 회오리치는 어둠 속에서 50년도 더 지난 일을 계속해서 떠올렸다.

무언가가 회전하며 강을 떠내려가던 낌새가 확실히 그 숙선의 것이었다는 증거는 없다. 가라앉은 나무배에는 강기슭이나 교각에 세게 부딪혔음을 드러내는 흔적은 어디에도 없었다고 한다.

강가에 살던 시절, 나의 이 기억은 언제나 인양되어 유체를 수습한 뒤 축축하게 젖어 햇살을 받고 있던 숙선의 광경으로부터 시작된다. 배 안에는 다다미를 깐 6첩* 정도의 방과, 풍로와 물동이가 나뒹구는 작은 부엌밖에 없었다.

• 다다미의 단위. 지역에 따라 기준 사이즈가 조금씩 다르며, 이 글의 배경인 서일본에서는 1첩이 약 1.82제곱미터다.

경마의 세계를 무대 삼아 한 필의 서러브레드*를 주인공으로 『준마』라는 소설을 쓰기 시작한 것은 내가 서른예닐곱 살 무렵이었다고 기억한다.

이 소설은 비싼 값을 치렀다. 내가 직접 JRA(일본중앙경마회)의 마주가 되지 않으면 도저히 써내지 못할 작품이었기 때문이다.

소설 집필에 들어가기 전 담당 편집자와 함께 홋카이도의 목장도 방문하고 경주마 몇 마리를 소유한 마주도 만나고 유명한 기수와 조교사*도 취재했지만, 내 질

• 말 품종의 하나로 영국 재래종과 아랍 말을 교배하여 개량한 경주마.
• 경주마를 훈련하는 일이 직업인 사람.

문에 대한 그들의 대답은 신 신고 발바닥 긁는 양 성에 차지 않았다. 이런 거라면 스포츠 신문의 경마 코너나 JRA에서 내는 기관지를 읽으면 충분하지 않나 하는 실망스러운 내용뿐이었다.

경마회라는 서클에는 뒤얽힌 인간관계가 있다. 모 조교사는 은퇴한 다른 조교사의 제자인 동시에 사위이기도 하고, 그 사람의 사촌은 A라는 기수이며, 그 기수의 아내는 B라는 기수의 여동생이고, 그녀의 친정은 홋카이도에서 목장을 경영하는 식이다.

이렇게 아무런 관계도 없어 보이는 조교사와 기수와 목장주와 마주가 지그재그의 가로세로 선에 의해 지극히 가까운 관계를 구성하는 일종의 공동체를 이룬다. 그러므로 '무심코 외부자에게 말을 흘릴 수 없는' 것이다.

그뿐만이 아니다. 거액이 걸린 승부의 세계에서는 조교사끼리든 기수끼리든 경쟁심을 넘어선 원한의 감정이 요동치고, 사이가 좋고 나쁨이 경주에 미묘한 영향을 끼치기도 한다.

그런 집안일을 소설가 따위에게 말할 수 있을까 보냐. 그러나 나로서는 그 부분이 알고 싶다. 쓰고 말고와는 별개로, 알고 있는 것과 그렇지 않은 것은 천지 차이다.

그럼 어떻게 하면 그들의 무거운 입을 아주 조금이라도 열 수 있을까. 결론은 딱 하나뿐이었다. 내가 마주가되어 경주마를 소유하는 것이다. 그것 말고는 『준마』라는 장편소설을 완성시킬 방도가 없다.

당시는 나도 젊어서 혈기 왕성했기 때문에 쓰고 싶은 소설을 위해서라면 '집과 땅과 논밭을 팔아서라도' 하며 의욕을 불태웠고, 앞일 같은 건 생각지도 않은 채 마주 등록을 했다. 혼자서 한 필을 가질 경제력은 없어서 친한 마주와 공동으로 망아지도 샀다.

이로써 떳떳한 마주다. 마주라면 조교사나 기수나 말 관리사에게 그 말의 상태나 훈련 과정에서의 예기치 못한 사고, 경기 중 어디서 무슨 일이 일어났는지도 당당하게 물을 수 있는 권리를 가지며, 상대 역시 그런 사항을 정직하게 전할 의무를 진다.

그렇게 마주가 된 내가 얼마나 큰 손해를 봤는지는 여기서 쓰지 않겠다. 『준마』라는 소설을 이 세상에 내보냈고, 그 책이 지금까지 계속 읽히고 있다는 것만을 기쁨으로 삼아야겠지.

마주가 된 나는 경마장의 마주석이라는, 일테면 특권계급의 사람들이 모이는 곳에서 많은 마주들을 봤다.

조그만 동네 공장에서 시작하여 이제는 동남아시아

각지에 공장을 몇 개나 가지게 된 마주는 늘 수수한 양복 차림으로 마주석 구석에 앉았는데, 나를 발견하면 조심스레 미소를 띠며 살짝 고개를 숙일 뿐 말을 걸어오지는 않았다. 고생에 고생을 거듭하여 오늘을 일군 이 F라는 노신사의 결코 나서지 않으면서도 중후한 모습을 보면, 나는 늘 먼저 다가가 옆자리에 앉아 서로가 소유한 말의 근황에 대해 이야기를 나누고는 했다.

마주의 인품과 풍채에는 약간의 천박함이 없지는 않구나 생각하게 만드는 사람도 많다. 뒤에서 '걸어다니는 3억 엔'이라 불리던 남자는 다이아몬드를 여기저기 박아 넣은 안경이라는 만화에 나올 법한 물건을 눈가에서 번뜩이고 있었고, 버블 시대의 대표선수 격인 남자는 제 딸보다 어릴 듯한 미모의 애인에게 경기마다 100만 엔 단위의 지폐를 건네며 마권을 사오게 했다.

개중에 성실한 샐러리맨 같은 모습의, 나보다 조금 연상으로 보이는 남자가 있었다. 꾸어다 놓은 보릿자루 같다는 표현이 있는데, 그 말처럼 마주석이라는 특별한 자리가 아무래도 거북한지 어떻게 행동하면 좋을지 몰라 하는 모습이 환히 보였다.

"올해의 더비˙는 저 사람 말이 우승할 거예요."

안면 있는 마주가 그렇게 귀띔해줬다.

그 말의 이름을 임의로 '아이짱'이라 해두겠다.

이야, 저 사람이 아이짱의 오너구나, 하며 나는 그 사람을 멀리서 바라봤다.

그때까지의 자세한 전적은 이미 기억에서 사라졌지만, 나도 그해의 더비는 아이짱이 우승할 거라 생각하여 아이짱이 나오는 경기는 아무리 바빠도 챙겨 보고 있었다.

아이짱을 관리하는 K 조교사는 나와 가장 친한 조교사라서 함께 홋카이도의 목장을 순례한 적도 있었다. K 조교사에게도 아이짱이라는 말과의 만남은 인생에서 두 번 다시 없을 요행이라고 해야 했다.

"저 말의 몸집, 풍격, 승부 근성. 더비까지 무사히 갈 수 있다면 아이짱이 우승할 겁니다. 다른 마권은 안 사도 돼요. 아이짱의 단승• 한 장입니다. 그렇지만 어차피 압도적인 인기 1위잖아요. 단승 배당금은 2.5배면 잘 붙은 거죠."

앞서 말한 마주는 그리 말하고는 나를 아이짱의 마주에게 소개하기 위해 데려가려고 했지만 내가 거절했

• 경마의 종류 중 하나로 여기서는 일본중앙경마회가 도쿄경마장에서 여는 경기인 일본더비를 일컫는다.
• 경마나 경륜 등에서 1등만 맞히는 방식.

다. 남에게 몹시 마음을 쓸 듯한 사람이라서, 처음 보는 소설가를 어떻게 대해야 할지 고심하게 만들기 싫었기 때문이다.

아이짱은 순조롭게 로테이션˙을 소화하여 더비를 맞이했다.

나는 K 조교사가 천재일우의 기회를 놓치는 게 싫었고, 그 젊고 성실해 보이는 마주가 '한 나라의 재상이 되기보다 어렵다'는 더비 우승마의 오너가 되었으면 했다. 하지만 말은 살아 있는 생명체다. 경기 도중에 무슨 일이 일어날지 모른다. 그리고 나의 남모를 응원이 무슨 도움이 된단 말인가.

더비 전날 밤, 나는 예상표를 보며 갑자기 F 씨가 가르쳐준 '죽이는 마권'이라는 것을 떠올렸다.

"자기가 이기게 하고 싶은 말 이외의 모든 말의 단승 마권을 사는 겁니다. 이걸 죽이는 마권이라고 해요. 이기게 하고 싶은 말 한 마리를 위해 다른 말 전부에게 자기 돈을 쓰는 거죠. 무서운 마권입니다. 하지만 이 방법을 쓰는 건 평생에 딱 한 번이라고 정하고 사는 거예요. 안 그러면 죽이는 마권은 마력을 잃는다는군요. 난 예

• 목표로 삼은 경기에서 우승하기 위해 짜는 경주마의 스케줄.

전에 한 번 했으니 두 번 다시 죽이는 마권을 사서는 안 됩니다."

F 씨가 온화한 미소와 함께 그렇게 말했을 때, 틀림없는 도박사의 차가운 불꽃 같은 것이 그 두 눈동자 깊숙한 곳에서 흔들렸다.

나는 좋아, 나도 평생에 한 번인 '죽이는 마권'을 사야지, 하고 결심했다. 그리고 내일 도쿄경마장에 가서 더비를 구경할 거라고 했던 친구에게 전화를 걸었다.

"뭣! 무서운 짓을 하네. 진심이야?"

웃으면서도 어처구니가 없다는 듯한 말투로 거듭 확인하며, 친구는 내가 부탁한 마권을 사주기로 약속했다.

더비 출주까지 7, 8분쯤 남았을 때, 그 친구가 도쿄경마장에서 전화를 걸어와 내가 부탁한 마권을 확실히 샀다고 알려줬다.

"마권 판매 창구에서 아이짱을 제외한 다른 말들의 단승 마권을 전부 달라고 했더니 주위 녀석들이 일제히 날 쳐다보더라. 그중 하나가 형씨, 그런 짓 하면 아이짱이 정말로 이겨버릴 거요, 하고 괴상한 목소리로 지껄였어. 왠지 너무 창피하더군."

나는 감사의 인사를 하고 전화를 끊은 뒤 텔레비전

화면 속으로 빠져들었다. 아이짱은 이겼다. 무난하고
도 강한 승리였다.

며칠 뒤, 친구로부터 우편물이 왔다. 봉투 속에는 '죽
이는 마권'이 들어 있었다. 나는 그것을 지갑에 넣었다.
K 조교사와 만날 일이 있으면 보여주자고 생각했던 것
이다.

내가 경마장에 발길을 끊고 마권에서도 손을 씻은 무
렵, 텔레비전 뉴스로 기묘한 사건 보도를 접했다. 세 남
자가 호텔방에서 목을 매달고 죽었다 한다. 사업이 벽
에 부딪혀 자살한 모양으로, 남자 하나는 전 더비 우승
마의 오너고 나머지 둘은 그 친구인데 어째서 세 사람
이 동반 자살하듯 거의 동시에 목을 매달았는지 그 이
유를 알 수 없었다…….

모든 뉴스 프로그램에서 크게 다루었고, 개중에는 더
비에서 승리한 뒤 경마장에서 찍은 기념사진 속의 아이
짱과 그 오너와 K 조교사를 비추는 방송국도 있었다.

그 뒤 텔레비전의 와이드쇼에서도 주간지에서도 사
건은 자주, 크게 보도되었다. 사업이 벽에 부딪혀 자살
하는 사람은 드물지 않지만, 더비 우승마의 오너였다
는 점과 두 남자와 함께 죽었다는 점이 세간의 이목을

끈 것이다.

처자식 혹은 불륜 상대를 길동무로 삼은 게 아니라 어째서 남성 친구 둘이 죽음을 함께했을까. 거대한 수수께끼로서 각종 주간지성 억측 기사가 실렸고, 그 가운데는 상스러운 추리를 전개하는 글도 있었다.

사건은 이윽고 잊혀갔지만 평생에 단 한 번인 '죽이는 마권'은 이제 웃어넘길 일로는 끝나지 않게 되어, 나는 당장이라도 그 빗맞은 마권을 태워버리자 생각하면서도 어째서인지 버리기 힘든 무언가를 느끼고는 그 뒤로도 몇 년 동안 지갑 속에 감춰두고 있었다. K 조교사와 통화를 할 때는 있었으나 나는 마권에 대해 말하지 않았고, K 조교사도 아이짱의 마주 이야기는 일부러 피하는 듯한 분위기였다.

이런 것을 뭣 때문에 소중히 지갑 속에 넣어두고 있어. 얼른 태워 없애버려. 내 안에서 그렇게 재촉하는 목소리는 있었지만 아무래도 실행에 옮길 수가 없었다.

그런 나조차도 분석하지 못하는 마음에 조금 지치기도 했고, 낡은 지갑을 새것으로 사서 바꾸기도 했으나 그럼에도 '죽이는 마권'을 처분하지 못했다.

그러다 2년쯤 전에 나는 다른 사람을 통해 F 씨가 돌아가셨다는 이야기를 들었다. 죽이는 마권의 존재를 나에게 알려준 F 씨도 이 세상을 떠난 것이다. 이제 적당한 때겠지. 지금 죽이는 마권을 태워버리지 않으면 나는 그 기회를 영원히 잃는 처지가 될지도 모른다.

나는 그리 생각하고 F 씨의 죽음을 알게 된 날 밤, 서재의 의자에 걸터앉아 라이터로 죽이는 마권에 불을 붙였다. 떠오른 것은 아이짱의 마주가 아니라 과묵한 F 씨의 수수한 양복 차림이었다.

나는 세상에 슬며시 숨어 사는 골수 도박꾼의 정체가 도깨비불처럼 타올라 사라지기까지의 찰나의 시간을 잊지 못한다.

최근 내가 대체 소설을 몇 편이나 썼는지 세어봤다.

스물일곱에 직장생활을 그만두고 소설을 쓰기 시작하여 올해로 서른여섯 해째다. 그 서른여섯 해 동안 얼마만큼의 글을 지면에 실었나 궁금한 마음도 있었고, 나카하라 주야中原中也의 시 한 소절을 빌리자면 '생각해보니 멀리도 왔구나' 하는 감개도 있었다.

단편소설이 서른아홉 편, 장편소설이 서른세 편이었다. 그 장편 가운데는 상하권으로 한 편인 것이 많다.

거기에 소설 이외의 에세이와 대담집, 그리고 전집 열네 권을 더하면 저작은 백 권이 넘는다.

하지만 백 권도 넘는 이 단행본들을 세워서 늘어놓아봤더니 뭐야, 겨우 이것뿐인가 싶어 맥이 탁 풀렸다.

당연히 한 작품도 대충 쓴 것은 없으며, 완성도의 차이는 있을지언정 그때그때 모든 혼을 쏟아부은 것만은 거짓이 아니다.

　그렇다면 이 일흔두 편의 소설에는 등장인물이 몇이나 될까.

　지나가는 무명인이 아니라 내가 그 소설에 필요해서 이름을 붙인 인간이라면, 설령 단 한 번 등장하여 고작 한마디 할 뿐이라도 그 순간 나는 그 인물이 된다.

　여자든 아이든 노인이든, 나는 그 사람에 빙의한다. 노력해서 되려 하는 게 아니라 지극히 자연스럽게 그리 되어버린다.

　그렇다면 나는 이 서른여섯 해 동안의 작가 생활에서, 아주 짧은 순간까지 치면 몇 명의 인간이 되어온 걸까.

　내 저작 중 오래된 것부터 세어보기 시작하다가 세 권째쯤부터 싫증이 나서 관둬버렸다. 일흔두 편 속의 모든 등장인물을 센다면 아마도 천 명이 넘으리라는 것을 깨달았기 때문이다.

　개중에는 이런 인물을 등장시켰나 놀라는 경우도 있어서 왠지 그 인물에게 면목 없어지기도 했다.

　지어낸 이야기이기는 해도 거기에 나오는 인물만은

어떤 원형이 있다고 생각한다.

일테면 어릴 때 근처 신사의 야시장에서 본 야시香具師 아저씨의 얼굴이나 목소리, 샐러리맨 시절 접한 여러 사람들, 입원 중에 알게 된 수많은 환자와 간호사의 왠지 마음에 남은 인상이라든지, 어느 찻집의 옆자리에서 이별 이야기를 하는 듯한 중년 커플의 낮은 목소리라든지…….

그런 무수한 원형이 입은 옷, 직업, 나이 등을 뛰어넘어 내 안에서 다른 인간으로 변해가는 것이다.

그것은 나에게만 국한되는 것이 아니라 대부분의 작가가 그러한 정신적 작업을 할 터다.

그러므로 얼마나 많은 인간을 보아왔는지가 한 작가가 가진 '서랍'의 수가 되겠지만, '보는' 것은 시각으로 하는 작업이 아니다. 눈 말고 어디로 그 인물을 보았나, 인 것이다.

소설가 미즈카미 쓰토무水上勉 씨는 그것을 산의 나무에 빗댔다.

저 작가의 산에는 나무가 세 그루밖에 안 자라 있군, 하고 내 귓가에 속삭인 적이 몇 번이나 있다. 세 그루라

• 축제날 등에 길가에서 구경거리를 보여주거나 장사를 하는 사람.

면 그나마 다행인 축이고, 저 녀석은 한 그루뿐이라고 말할 때도 많았다.

미즈카미 씨가 한 작가의 내부에서 본 나무 수는 거의 적중했다. 세 그루라고 평가받은 작가는 확실히 그 뒤로 기껏해야 세 편 정도밖에 좋은 작품을 쓰지 못했다.

미즈카미 씨가 말하는 '산의 나무' 수는 얼마나 많은 인간을 봐왔는가에만 한정된 것이 아니다. 요는 얼마나 많은 인생을 접했고, 그 어느 급소에 관심을 가져왔는지다.

소설가 구니키다 돗포国木田独歩의 작품 가운데 「잊을 수 없는 사람들」이라는 단편소설이 있다. 1898년에 발표한 명작이다.

역 근처 여인숙에서 함께 묵은 남자가 자신에게 '잊을 수 없는 사람들'이란 어떤 이들인지를 들려준다. 부모도 형제도 친척도 연인도 아니거니와 깊이 관계했던 사람도 아니다.

여행 도중 산속에서 스쳐갔을 뿐인, 말을 끌며 말몰이 노래를 부르던 청년, 세토내해에서 썰물 때의 바닷속을 걸으며 무언가를 채집하던 남자, 항구 도시 변두리의 가게 앞에서 비파를 연주하던 비파승……

아무런 의리도 은애恩愛도 없는, 스쳐 지나간 사람을 잊지 못하는 저 자신이 있다고 남자는 이야기한다.

열일곱 살이었던 나는 이 「잊을 수 없는 사람들」이 돗포의 작품 중 다섯 손가락에 꼽힐 걸작이라고 건방지게도 평가했고, 모든 이의 마음속에는 저마다의 '잊을 수 없는 사람들'이 있다는 것을 배우기도 했다.

한신·아와지 대지진이 일어난 해 여름에 내가 실크로드 6,700킬로미터의 여행을 했다는 것은 앞에서 적었다. 그 약 40일간의 여행에서 나는 '잊을 수 없는 사람들'을 숱하게 얻었지만, 아무리 무대를 바꾸고 입은 옷을 바꾸고 나이를 바꿔봤자 어떻게도 내 소설 속 등장인물로 쓸 방도가 없는 이가 있다.

중국 신장 웨이우얼 자치구의 쿠얼러에서 쿠처로 향하는 톈산남로에는 딱 한 줄기 아스팔트길이 광대한 고비탄*속으로 뻗어 있다. 길은 그것밖에 없다. 톈산산맥은 동서로 2,000킬로미터에 달하는 거대한 산맥이고, 그 남쪽 기슭에는 세계 제2의 이동성 사막 타클라

---

* 고비사막 중 자갈이 섞인 평탄한 황무지를 이르는 말로 '탄灘'은 사막이나 강가의 자갈밭을 뜻하는 중국어.

마칸이 일본열도와 거의 비슷한 넓이로 펼쳐져 있다.

낮 동안의 기온은 섭씨 43도에서 45도. 습도는 10퍼센트도 안 된다. 눈에 들어오는 모든 것은 아지랑이로 흔들려 곧게 뻗은 길이 크게 일그러져 보인다.

동서남북, 끝없이 펼쳐진 땅에 아무것도 없다. 산도 없고 구름도 없고 바위도 없고 나무 한 그루도 없다.

있는 것이라고는 신기루와 더스트 데블이라 불리는 작은 모래 회오리의 무리뿐이다.

내가 소형 버스 안에서 모래 회오리를 보고 있을 때, 소매가 긴 푸른 셔츠에 검정 바지를 입은 청년이 아스팔트길에서 고비탄 쪽으로 걸어가기 시작했다. 그 청년이 대체 어디에서 왔는지조차 알 수 없었다.

고비탄은 군데군데 흙이 둥글게 솟아 있다. 그것은 저절로 생긴 게 아니라 무덤이었다.

고인의 이름이나 생몰년을 표시하는 널조각 하나 없이, 묻은 뒤 그저 그곳에 흙만 쌓은 무덤이다. 하지만 사흘도 채 지나지 않아 쌓은 흙도 강한 바람에 날아가버려 어디가 무덤인지 모르게 된다.

그러나 유족은 묏자리를 파악하는 어떤 수단을 지니고 있어서, 아마도 저 청년은 누군가의 무덤을 돌보러 왔을 수도 있겠다는 생각이 들었다.

그런데 그게 아니었다. 청년은 강한 바람을 타고 박히듯 날아드는 모래알로부터 얼굴을 지키기 위해 고개를 살짝 숙이면서도 주저 없는 발걸음으로 고비탄 한가운데로 계속 걸어갔고, 이윽고 검은 점이 되어 신기루 속으로 사라졌다.

신기루 너머에 무엇이 있느냐고 나는 현지 가이드에게 물었다. 가이드는 아무것도 없다고 대답했다. 이 고비탄을 곧장 가면 150킬로미터쯤에서 타클라마칸사막과 이어진다. 그 사이에는 마을은커녕 작은 집락集落조차 없다고 한다.

타클라마칸사막에는 더욱 아무것도 없다. "하늘에 나는 새 없고 땅에 달리는 짐승 없구나"•다.

그렇다면 저 청년은 무엇을 목표로 어디로 간 것인가.

세상을 버리고 죽으러 가는 모습은 아니었다. 얼굴은 모래알을 피해 숙이고 있었지만 발걸음에는 의기양양한 구석이 있었다.

이 얼굴조차 보이지 않던 청년을, 나는 내가 쓰는 소

• 중국 동진의 고승 법현이 쓴 기행문 『불국기』에 나오는 문장으로, 인도를 향해 떠난 그가 고비에서 타클라마칸에 이르기까지의 사막을 묘사한 이 부분이 명문으로 유명하다.

설의 어디에도 두지 못했다.

싸구려 연립주택의 복도에 둘 수도 없다. 혼잡한 도시를 걷게 할 수도 없다. 술집 카운터에 걸터앉힐 수도 없다. 고시엔구장의 외야석에 앉힐 수도 없다.

그를 본 뒤로 15년 정도가 지났지만, 이글거리는 열기와 거센 바람 따위 개의치 않고, 이런 게 무슨 상관이냐는 듯이 작은 모래 회오리들 사이를 계속 걸어가 사라진 그 청년에게 빙의할 방법을 나는 알지 못한다.

나는 지금까지 단편소설을 서른아홉 편 썼다.

　그중 태반은 내 어린 시절 주위에서 일어난 일을 소재로 삼아 소설적 산물을 섞어 직조한, 일테면 A에 B와 C와 X를 더하거나 빼거나 곱하거나 나누어 사실과는 다른 세계를 보여주는 작업이었다.

　장편소설에는 또 다른 내적 화학변화가 더해지지만, 그것을 설명하자면 이야기가 길어지는 데다 논리적으로 설명할 수 있는 것도 아니다.

　나는 중학교 2학년 봄 무렵부터 탐닉하듯 소설을 읽기 시작했다. 그것도 그 나이에 어울리는 글이 아니라 어른이 읽는 소설이었다.

　중학교 2학년부터 대학교 1학년이 될 때까지 읽은

소설을 전부 나열하면 그것만으로 지면이 다 차버릴 것이다.

하지만 열아홉 살부터 스물일곱 살 즈음까지의 몇 년 동안, 나는 소설이라는 것을 읽지 않았다 해도 과언이 아니다.

대학생 시절에는 체육회* 테니스부에 들어가서 수업도 듣지 않고 아침부터 밤까지 테니스 코트를 뛰어다녔으며, 졸업하고 광고대리점에 취직해서는 일에 필요한 책 말고는 읽을 여유를 잃었기 때문이다.

그러나 거의 읽지 않았다 해도 대학생 시절에는 두 권, 샐러리맨 시절에는 한 권을 완독했다.

폴 니장Paul Nizan의 『아덴 아라비아Aden Arabie』, 존 스타인벡John Steinbeck의 『불만의 겨울The Winter of Our Discontent』, 이노우에 야스시井上靖의 『쿤룬의 옥崑崙の玉』이다.

『아덴 아라비아』는 학생식당 구석에 앉아 있던 친구가 들고 있었는데, 그 유명한 첫 문장에 매료되었다.

---

* 대학의 운동부나 스포츠 관련 동아리 등이 연합하여 조직하는 학생 자치회.

―나는 스무 살이었다. 그것이 사람의 일생에서 가장 아름다운 나이라고는 누구든 말하게 두지 않을 것이다.

소설이라고도 기행문이라고도 평론이라고도 할 수 없는 이 장편은, 반란과 허무와 열기와 고아한 사변을 믹서로 휘저은 듯한 대단한 작품이었으나 어딘가 낭랑한 서정성이 있었다.

『불만의 겨울』은 겨울방학 때 아르바이트로 번 돈을 파친코로 날려버려 마지막 남은 천 엔짜리 지폐 한 장을 주머니에 쑤셔 넣고 번화가를 떠돌던 중, 달리 갈 데도 없어서 서점으로 들어가 이렇다 할 이유도 없이 샀다.

스타인벡의 소설은 『분노의 포도』를 예전에 읽었기 때문에 작가의 이름이 반가워서 샀을지도 모른다.

미국의 지방 어디에나 있을 법한 마을에 사는 지극히 평범한 일가가 젖은 각설탕처럼 무너져가는 모습에는 스타인벡다운 사회 비판과 적막감이 가득했다.

『쿤룬의 옥』을 친구에게 빌려 읽은 것은 내가 작가에 뜻을 두고 회사를 그만둔 직후다. 천을 씌운 표지에 상자까지 딸린 근사한 책이었으니 이미 그 무렵에도 귀한 만듦새였다. 읽고 친구에게 돌려준 다음 내 몫으로 서점에서 그 책을 사서 소중히 보관했지만 한신·아와지 대지진으로 잃고 말았다.

이노우에 야스시의 서역물西城物 중에서는 『둔황』이나 『누란』의 평가가 높지만 내게는 『쿤룬의 옥』이 최고다.

이 작품만 읽으면 당신의 다른 서역물은 안 읽어도 된다 생각한다고, 훗날 술자리에서 이노우에 선생님께 말했다.

꾸중 들을 것을 각오하고 한 말이었지만 이노우에 선생님은 다정하게 웃으며

"미야모토 씨가 그리 말씀하시니 분명 그렇겠지요."

하고 마흔 살 가까이 차이 나는 애송이의 무례를 용서해주셨다.

『쿤룬의 옥』을 읽다 보면 장원長遠한 세월 속의 인간이 보이기 시작한다. 예리한 칼 같은 서정은 이노우에 야스시가 아니면 결코 쓰지 못할 세계라는 것도 알게 된다. 남이 흉내 내려 해도 흉내 낼 수 없는 문장이다.

어느 시기의 나에게 이 세 작품이 특별한 의미를 가지는 이유는 소설이라는 것으로부터 멀어졌던, 말하자

면 문학적 공백기에 내게로 날아든 몇 안 되는 책이라 서만은 아니다.

고작 세 권이지만, 그 책들을 읽을 때 나는 내 인생에서 그리 자주 마주할 것 같지 않은 혹독하고 위태로운 상황에 직면해 있었기 때문이다.

『아덴 아라비아』는 영락한 아버지가 죽음을 맞이하던 무렵 읽었고,『불만의 겨울』은 그 아버지가 죽고 어머니와 내가 추심꾼이라 불리는 남자들로부터 달아나 오사카와 나라의 현 경계에 있는 마을에서 숨어 지내던 시기에 읽었으며,『쿤룬의 옥』은 작가가 되려는 꿈을 버리고 다시 구직 활동을 시작해야만 하는 지경으로 내몰렸을 때 읽었다.

그래서 나의 그 시절을 떠올릴 때면 반사적으로 이 세 권의 책이 기억 속에서 되살아난다.

최근 이 세 권을 구하고 싶어 출판사에 문의했다.『아덴 아라비아』말고는 절판되어 있었다.

친한 편집자가 『아덴 아라비아』를 구해서 보내줬지만,『불만의 겨울』과『쿤룬의 옥』은 이제 어디에도 없다고 한다.

헌책방을 부지런히 돌아다니면 찾을 수 있겠지만 내게는 그런 여유가 없었다.

그런 명작이 세상에서 사라져버리고 한 번 읽으면 그걸로 족한, 전철 선반에 깜빡 두고 와도 아깝지 않을 종류의 책이 매월 몇백 권이나 출간되어 일시적으로 베스트셀러에 올라 서점에 가득 쌓여 있다.

지금은 그런 사회라고 말한다면 그뿐이지만, 이것이 일본인의 문화 수준의 근간에 관계되는 사태에 빠진 지 이미 몇십 년이나 지났다는 데 새삼 전율하지 않을 수 없다.

과거 내가 읽은 소설을 조목조목 써봤다. 생각나지 않는 것도 있었지만 기억해낼 수 있는 것은 전부 다 썼다.

그 가운데 내 책장에 없는 책들을 조사해봤더니 95퍼센트는 절판되어 출판사에 재고가 없고, 새로 찍을 예정도 없다 한다.

가끔 젊은이들로부터 어떤 책을 읽으면 좋겠느냐는 질문을 받는다. 그때마다 내가 감동했던 소설이나 배움을 얻은 책을 추천하지만 대부분이 서점은커녕 출판사에도 없다.

컴퓨터가 보급되고 인터넷 서점이 등장한 덕분에 나는 겨우 『쿤룬의 옥』을 손에 넣을 수 있었다.

책 주인이 인터넷에서 판매한 헌책이지만, 소중히 보

관해온 듯 오염이 거의 없고 상자도 뒤틀리지 않았으며 천을 씌운 표지의 그것은 책이란 이리도 품격 있는 물건이라 말하고 있었다.

지금 인터넷으로 배포하는 전자책의 동향이 주목받고 있다.

만약 이것이 일본에서도 예상을 뛰어넘는 시장을 차지한다면, 반대로 서점의 책장에는 가격은 좀 비싸고 인쇄 부수도 많지 않지만 천이나 가죽으로 표지를 감싼, 자식이나 손자에게도 물려줄 수 있는 근사하고 튼튼한 만듦새의 책이, 인류의 지적 재산으로서의 고급의 명작이 새로운 옷을 입고 부활하지 않을까 기대한다.

전자책으로 읽으면 족한 종류의 책이 서점에서 줄어감으로써, 여태껏 부당한 취급을 받았던 고급의 명작이 새로운 상품이 되어 그로 인한 새 시장이 생겨나지 않을까 기대하고 싶어지는 것이다.

나는 스물다섯 살 5월에 갑자기 정체를 알 수 없는 정신성 질환에 시달리게 되었는데, 그것이 '심장신경증' 또는 '불안신경증'으로 불리는 병이라고 정확히 듣게 된 때는 서른네 살이 된 뒤였다.

지금은 '공황장애' 또는 '공황증후군'이라는 병명이 붙어 이를 위한 약도 몇 종류나 나왔고 치료법도 확립되어가고 있지만, 내가 첫 발작을 일으킨 1972년 당시에는 병명도 임시로 붙여놓은 것이었고 치료법도 없었다.

그래서 나는 첫 발작일로부터 약 9년 동안 하루에도 몇 번이나 일어나는 격렬한 불안발작의 정체를 모르는 채로 살았던 셈이다.

최초의 발작은 일요일에 게이한 전철 안에서 일어났다. 회사 동료와 교바시역에서 만나 교토경마장으로 향하는 전철 안이었다.

전철은 붐볐고 주위의 승객 대부분이 경마 예상지에 열중해 있었다. 경마에 어울리는 쾌청한 날이었지만 나는 네댓새 전부터 왠지 컨디션이 안 좋아서 동료가 불러내지 않았다면 집에서 쉬려고 했다.

그 한 달쯤 전에 나는 한큐 전철의 신이타미역 근처로 이사를 해서 교바시까지는 멀었다.

만약 당시에 휴대전화라는 물건이 있었다면 동료에게 전화를 걸어 미안하지만 못 가겠다고 말했을 것이다.

그러나 동료는 이미 집을 나섰고, 내가 약속을 어기면 그는 역에서 내내 기다리게 된다. 어쩔 수 없이 집에서 나와 약속 장소로 향하며, 아무래도 몸이 안 좋다고 말하고 두세 경기 어울린 뒤 먼저 돌아가야겠다고 생각했다.

이제 곧 요도역에 도착하려던 때, 내가 평소의 나와 다르다는 것을 깨달았다. 내가 나 자신이 아닌 듯한, 신경의 초점이 안 맞는 듯한, 이유도 없는 어렴풋한 공포가 마음속에서 희미하게 울렁이는 듯한 그런 느낌이 이어진 뒤 갑자기 온몸이 바닥으로 꺼질 듯하여 황급히 전철 좌석에 두 손을 짚고 버텼다.

전철은 아무런 막힘 없이 계속 달리고 있었다. 어떤 사고가 일어난 게 아니라, 이변이 일어난 쪽은 바로 나라는 것을 금세 깨달았다.

그러자마자 도저히 억누르지 못할, 견딜 수 없을 정도의 불안과 공포가 치밀었다. 시야가 뿌옜다.

나한테 대체 무슨 일이 일어난 건지 도무지 알 수 없어서 어쨌거나 한시라도 빨리 전철에서 내리고 싶다고 생각하던 중, 현기증이 나고 귀울림이 들려서 불안은 더욱 거세어지고 세찬 심장 고동이 머릿속까지 울리기 시작했다. 온몸에서 핏기가 가시고 손바닥이 땀으로 축축해지는 것도 느꼈다.

요도역에 도착하자 동료에게 지금 내 몸에 일어나고 있는 일을 설명했다.

"어제 너무 마셔서 숙취가 생겼거나, 혹은 갑자기 혈압이 오르거나 떨어진 거 아냐?"

동료는 말했다.

어젯밤에는 술을 마시지 않았고, 혈압의 이상은 여태껏 어느 병원에서도 지적받은 적이 없었다.

역 벤치에서 쉬었지만 증상은 가라앉지 않았다. 근처

병원으로 뛰어들고 싶었으나 공교롭게도 일요일이었다.

불안이 조금 가셔서 동료에게 경마장에는 혼자 가달라 말하고 나는 집으로 돌아가기로 했다.

돌아오는 전철 안에서 다시 거센 불안이 도졌고 내가 이대로 죽는 게 아닐까 진심으로 생각했다.

어찌어찌 집에 도착하자 증상은 가라앉았지만 예삿일이 아니라는 꺼림칙한 예감은 사라지지 않았다.

다음 날 회사 근처 병원에서 진찰을 받았다. 나를 처음으로 진찰한 이 초로의 의사가 내린 진단이 가장 옳았다는 것은 나중에야 알았다. 하지만 그러기까지는 9년이라는 세월이 필요했다.

의사는 혈압과 심전도 검사를 한 뒤 온화한 미소를 짓더니 원래 자율신경의 균형이 몹시 깨지기 쉬운 체질일 거라며, 그것이 어떤 작용을 하는지에 대해 설명하고서 신경안정제를 열흘 치 지어줬다.

"그런 체질이라 해도 어제 같은 일은 태어나서 처음인데요."

"혹시 고민은 없으신가?"

"빚이 있어요. 가을에 결혼하는데 그 돈을 써버려서, 결혼 상대에게 들키기 전에 메워두려고 어제 경마장에

가던 참이었습니다."

"솔직한 사람일세. 마권으로 손해 보기 전에 돌아와서 다행이구먼. 빚이 더욱 늘어날 뻔했잖은가."

의사는 웃으며 앞으로도 가끔 똑같은 증상이 일어날 수 있지만 괜찮아, 안 죽을 걸세, 라고 말했다.

그 말대로 밤에 일을 끝마치고 집으로 돌아오는 전철 안에서 어제보다 더욱 격렬한 증상이 나를 덮쳤다. 처방받은 약을 허겁지겁 먹었지만 전혀 효과가 없었다.

그 의사는 돌팔이다. 더 뛰어난 의사한테 진찰을 받자.

나는 그리 생각해서 다음 날 회사에 휴가를 내고 시설 좋은 큰 병원의 내과로 갔다.

젊은 의사는 뇌파, 심전도, 가슴 엑스레이 등의 검사를 하더니

"아무 데도 이상 없음. 초등학생도 혼자서 전철 타고 학교에 가는데."

라고 말했다.

최초의 증상이 일어난 장소가 전철 안이기 때문에, 전철을 타면 같은 일이 생길까 봐 불안해져서 그 불안이 실제로 증상을 일으키는 것이다. 이것을 '예기豫期불안'이라 한다. 어느 쪽이든 마음먹기에 달렸다.

확실히 그 젊은 의사의 말도 옳았지만 너무도 불친절하고 귀찮은 듯한 태도였다.

마음먹기에 달렸다고……. 좋아, 그렇다면 마음을 단단히 먹자.

나는 그렇게 자신을 강하게 타이르고는 다음 날 아침 일터로 가기 위해 집에서 나와 역으로 걸어가며

'마음먹기에 달렸어. 전철 타는 것쯤이 대체 뭐라고. 나는 근성이 있잖아'

하고 마음속으로 되뇌었다.

그렇지만 만원 통근전철에 타기 직전부터 근성 따위는 어디론가 사라져버리고, 고작 두 정거장 가는 전철 안에서 온몸이 진땀투성이가 될 정도의 불안을 내내 견뎌야만 했다.

이제 이번에야말로 죽는다고 생각할 정도의 격렬한 불안과 공포로 환승역 플랫폼에서 더 이상은 발걸음을 내딛지 못했다.

전철을 타지 못하는 인간이 회사를 다닐 수 있을까. 게다가 나의 그 기묘한 증상은 누구에게 어떻게 설명한들 이해받지 못한다.

그 뒤로 나는 대체 몇 군데의 병원에서 진찰을 받았던가.

뇌신경외과에도 갔다. 이비인후과에도 갔다. 심지어 이비인후과 의사는 비염이 원인이라고 했다.

"비염에 걸려서 전철을 타면, 그 정도의 불안이 갑자기 덮쳐와 죽음의 공포로 쓰러질 지경이 됩니까?"

그렇게 반문하고 아아, 이 녀석은 돌팔이 중의 돌팔이구나 생각하면서도, 나는 콧속에 기구를 쑤셔 넣고 세정한 뒤 약을 받기 위해 접수대에서 기다리고 있었다. 이미 그 시점에 나는 '물에 빠진 사람이 지푸라기라도 잡는' 상태로 내몰려 있었던 것이다.

얼마 뒤 진료실에서 아까의 의사가 젊은 간호사 몇 명을 모아놓고 목 위 엑스레이 사진 한 장을 보여주며

"이 양쪽 광대뼈에 있는 조그맣고 하얀 점이 뭘 것 같아?"

하고 묻는 소리가 들렸다.

나도 간호사들 뒤에서 그 엑스레이 사진을 들여다봤다. 과연 목 위는 해골 마크와 똑같구나, 감탄하며.

"이건 말이지, 안면신경이 지나가는 구멍이야. 어지간히 두꺼운 신경이라는 걸 알겠지?"

오호, 저런 데서 안면신경이 나오는 건가. 나는 의학 실습을 받는 기분으로 그 엑스레이 사진 윗부분에 시선을 던졌다. MIYAMOTO라는 글자가 있었다.

이 자식, 내 해골을 안줏감 삼아 젊은 간호사들과 시시덕거리다니!

나는 진료비를 내고 병원에서 나온 뒤 방금 받은 비염 약을 버렸다.

그 뒤로 내 불안발작은 계속 악화되어 회사에 가는데는, 말하자면 사지로 향하는 것과 같은 각오가 필요한 지경이 되었다.

어떤 병이든 걸린 당사자가 아니고서야 그 괴로움은 모른다는데 정말로 맞는 말이다. 이 병과 인연이 없는 사람이라면 전철을 타는 게 왜 그리도 공포스러운가, 어째서 사지로 향하는 정도의 각오와 결의가 필요한가 하며 웃을 것이다.

하지만 과장이 아니라 나는 정신적으로 극한에 내몰려갔고, 나의 한심함이나 겁쟁이스러움에 넌더리가 났으며, 스스로를 줄곧 책망하게 되었다.

이윽고 전철은 물론이고 사내 회의에서도, 거래처에서 하는 사전 미팅에서도, 백화점이나 지하상가에서도, 엘리베이터에서도, 고속도로에서도 격렬한 불안발작의 습격을 받게 되었다.

내가 진료받아야 할 곳은 정신과라는 것을 깨달았다고 해도 당시는 마음의 병에 대한 사회의 인식이나 돌

봄 체제가 없었고, 심료내과°나 신경클리닉 같은 곳도 드물었다. 더군다나 정신과에서 치료받는다는 사실이 알려지면 회사원으로서는 치명적이었다.

그래서 나는 정신과에 가야 하지 않을까 생각하면서도, 어떻게든 정신력으로 극복해내자고 마음먹었기에 나날의 발작을 계속 견디는 수밖에 없었다.

그러는 사이에 불안발작은 더욱 성가신 발작공포로 발전했다.

이것이 지금으로부터 약 40년 전, 스물다섯 살이던 내가 공황장애라는 병에 걸렸을 때의 대략적인 이야기다.

그러나 내가 여기서 쓰고자 하는 바는, 이제 나는 폐인이나 다름없다고 생각하여 실망과 낙담을 하고 그 괴로움에 몸부림치며 때로는 숨어서 우는 수밖에 없었던 병이, 어느새 크나큰 보물이라고 불러야 할 것들을 연신 가져다줬다는 점이다.

그 이후, 내가 약 40년에 걸친 공황장애라는 지병으로 어떤 보물을 얻어왔는지를 되도록 구체적으로 적어보려 한다.

• 정신과와 내과가 결합된 일본의 진료 과목.

지금 예순네 살이 된 나는 중증의 공황장애를 완치라 해도 좋을 정도로 극복하여 건강하게 소설을 계속 쓰고 있다.

원인도 모르고 확실한 치료법도 없으며 나을 전망도 보이지 않는 병을 아내의 부모님께는 감춘 채 결혼한 나는, 그 뒤로도 하루에 몇 번이나 덮쳐오는 발작을 견디며 회사를 계속 다닐 수밖에 없었다.

상사도 동료도 그 시기의 내가 아무래도 이상하다고 느꼈을 것이고, 몸이 안 좋냐고 물어보기도 했지만 병에 대해 솔직하게 고백하지 않았다.

설명해봤자 어떻게도 이해받지 못할 테고, 당시 사회에서는 그것이 어떤 종류건 간에 정신적인 질환을 가진 사람에 대한 편견이 드세었기 때문이다.

증상은 갈수록 더욱 심각해졌다.

텔레비전 뉴스에 교통사고 현장이 나오거나 하면 심장이 울렁거리고 죽음이 내 코앞에 다가와 있는 듯한 생각에 사로잡힌다. 자살 뉴스 같은 건 텔레비전 화면은 고사하고 신문의 작은 기사에서도 눈을 돌리고 만다. 나도 같은 짓을 저지르는 게 아닐까 하는 공포를 느끼는 것이다.

그렇지만 죽음을 향한 충동은 한 번도 일지 않았다. 지금 돌이켜보면 그것은 실로 불가사의한 일이었다.

얼마 전에 고명한 정신과 의사가 오랜 세월에 걸친 강도 높은 공황장애는 우울증으로 변하여 죽고 싶다, 죽자, 하는 정신 상태에 빠지기 쉽다고 알려주었다. 그때 의사는 미야모토 씨는 어지간히 정신력이 강한 사람이라고 덧붙였지만, 내가 죽음으로 향하지 않았던 것은 정신력 때문이 아니다. 나한테 꿈만 같은 큰 목표가 생겼기 때문이다.

그 당시의 나에게 터무니없다고밖에 표현할 길이 없는 꿈은, 공황장애 때문에 이제는 어찌할 도리가 없이 스물일곱 살로 사느냐 죽느냐 하는, 일테면 무모한 내기를 거는 수밖에 없어진 한계점에서 찾아낸 단 한 줄기의 광명이었다.

어느 날 거래처에서 사전 미팅을 마치고 빌딩을 나왔더니 굵은 빗방울이 떨어져 내렸고, 우산이 없던 나는 근처 지하상가로 내려가 비를 피했다.

빗줄기는 점차 거세어져 그칠 기미가 없었다. 어쩔 수 없이 나는 서점으로 들어가 눈앞의 책장에 있던 잡지 한 권을 집어 들었다. 의식적으로 고른 것은 아니다. 비를 긋는 시간을 때울 수 있다면 뭐든 좋았다.

그것은 순문학이라 불리는 소설을 싣는 유명한 문예지였다. 고등학생 때 두세 번 읽은 적은 있지만 따분해서 나오는 인연이 없는 것이 되어 있었다.

그 일류 문예지의 권두를 장식한 단편소설은 대부분의 사람이 이름 정도는 아는 저명한 작가의 최신작이었다. 아마도 400자 원고지로 30~40장짜리 작품이었을 것이다.

서점 통로에 선 채로 읽기를 끝마친 뒤, 나라면 이 글들보다 백배는 더 재밌는 소설을 하룻밤 만에 쓸 수 있겠다 생각하며 그 문예지를 책장에 되돌려놓았다. 그 순간 나는 소설가가 되기로 결심했다. 소설가가 되면 전철을 타지 않아도 된다. 매일 집에서 일할 수 있다. 북적이는 곳을 걷지 않아도 된다. 이제 이것 말고는 내가 처자식을 먹여 살릴 길은 없다, 하고.

그때의 이야기를 하면 백이면 백 웃음을 터뜨리지만, 나는 거짓말이 아니라 진심으로 그렇게 생각했다.

고바야시 히데오小林秀雄•는 「모차르트」에서

"생의 힘에는 외적 우연을 곧 내적 필연으로 바라보는 능력이 갖춰져 있는 법이다. 이 사상은 종교적이다.

• 근대 일본의 문예평론을 확립했다고 일컬어지는 평론가.

그러나 공상적이지는 않다."

라는 말을 남겼다.

'느끼는感ずる' 것이 아니라 '바라보는観ずる' 것이다. 이 한 글자 차이가 가지는 의미는 깊고도 크다.

나는 곧바로 회사를 그만두고 소설 쓰기에만 매진했다.

그러나 그와 동시에 꺼림칙한 기침을 종종 했다. 저녁이 되면 미열이 나서 권태감으로 30분 가까이 누워 있어야만 하는 상태가 매일 이어졌다.

이런 소설보다 백배는 재미있는 글을 하룻밤 만에 써 보이겠다고 생각했건만 일은 그리 간단히 흘러가지 않았다. 써도 써도 신인상 1차 예선도 통과하지 못한다. 집에 있어도 공황발작은 덮쳐온다. 실업급여도 앞으로 석 달이면 끝난다. 수입은 한 푼도 없다. 게다가 폐결핵에 걸렸을지도 모른다……

왠지 지옥 밑바닥으로 떨어져가는 듯한 나날을 보내던 중, 내 안에서 내가 미치는 게 아닐까 하는 공포가 시작되었다.

이 공포는 말로 표현할 길이 없었다. 공황발작의 공포 같은 건 그나마 귀여운 수준이었다 해도 과언이 아니다. 그에 더해 숨 쉬는 것조차 괴로울 정도의 권태감.

내가 생과 사에 대해 골똘히 생각하게 된 것은 당연한 귀결이었다.

하나의 미세한 정자와 난자가 합체하는 것만으로, 어째서 생명이라는 불가사의한 것이 태어나는가. 그것은 무엇을 위함인가. 그리고 반드시 찾아오는 죽음이란 무엇인가. 인간은 죽으면 어떻게 되는가…….

어느 것도, 서른도 채 안 된 청년이 제 머리로 생각해서 알 수 있는 문제는 아니다. 그럼에도 불구하고 나는 계속 생각했다.

두 어린 아들의 귀여움이 힘없이 드러누워 있는 나를 책상으로 이끌 때도 많았다(정말이지 어째서 이럴 때 연년생이 태어나버리는 걸까).

저쪽의 높은 봉우리로 가기 위해서는 반드시 계곡의 가장 깊은 곳까지 내려가야만 한다고 말했던 사람이 있다. 그것은 사물의 이치다, 라고.

나는 그 계곡의 밑바닥에 있었던 거라고 생각한다. 완전히 절망적인 상태였음에도 불구하고, 나도 아내도 확신했기 때문이다. 반드시 작가를 향한 길이 열릴 거라고.

부부가 나란히 천하태평인 낙천가라고 비웃겠지만, 그 하나에 관해서만은 나도 아내도 결코 의심하지 않았다. 대체 무엇을 근거로 한 확신이었는지 지금 와서는 잘 모르겠다.

생과 사에 대한 나의 생각은 어느 시기에 '자연'과 '풍경'과 인간 그 자체의 진실한 아름다움을 향해 한 걸음 내디뎠다. 살아가자, 멋진 소설을 쓰자, 하는 필사적인 일념이 내게 가져다준 최초의 보물이었다.

같은 때 나는 문학이 무엇인지 가르쳐주는 인물을 만나 하나부터 열까지 정성 어린 지도를 받게 되었다. 그 사람 덕분에 소설이란 말로는 설명할 수 없는 것을 말로써 직조해나가는 것이라고 깨달을 수 있었다.

그것은 나라는 인간의 안에서만 나오니까. 나라는 인간을 크게 만드는 수밖에 없다. 이 병은 그 때문에 내 내부에서 솟아난 것이다.

잘 쓰고 못 쓰고는 나중에 따라온다. 마음속에 있는 풍경과 자연과 인간이 하는 다양한 일을, 애정을 담아 소설로 쓰자.

나는 그리 결심하고 『반딧불 강』을 썼고, 다음으로 『흙탕물 강』을 썼다. 이 두 작품은 두 문학상을 연달아 받았지만, 수상 후의 중요한 스텝이 될 「환상의 빛」을 다 쓴 다음에야 나는 병원에 갔다. 기침은 심해졌고 가끔 그 기침과 함께 피가 나오고 있었다.

엑스레이에 찍힌 나의 양쪽 폐 윗부분은 새하얬고 작은 동공이 세 개 있었다. 폐결핵이었다.

"이렇게 될 때까지 병원에 잘도 안 왔네요."

의사는 어이가 없다는 듯한 표정으로 말했다.

소설가가 되기 위해 죽을힘을 다하고 있어서 그럴 여유가 없었고, 혹여 입원이라도 할 경우 어쩌면 꿈을 포기해야 할 수도 있었다. 그래서 병원에 가지 않았다.

하지만 그런 말을 역시 의사에게는 할 수 없었다.

어머니와 아내와 두 아들에게 옮지 않았던 이유가 내 체내에서 결핵균이 안 나왔기 때문이라는 사실은 나중에야 판명되었다. 그 또한 너무도 불가사의한 행운이었다고밖에 표현할 길이 없다.

반년 동안의 입원 생활과 3년 남짓한 자택 요양을 이어나가 이제 약은 안 먹어도 된다고 의사의 보증을 받은 것은 서른네 살 때다.

폐결핵은 나았지만 공황장애는 여전히 꼬리를 끌고 있었다. 그래도 발작이 일어났을 때 그것이 지나가게 두는 법을 조금씩 터득해가고 있었다.

이 정도라면 가끔 발작이 일어나도 괜찮겠거니 생각하기 시작한 바로 그때, 일찍이 경험하지 못한 발작이 나를 덮쳤다. 미칠지도 모른다는 격렬한 공포도 함께 찾아와서 나는 결국 정신과 진료를 받기로 했다.『금수』라는 소설을 절반쯤 쓴 무렵이다.

스물다섯 살 때 발작이 덮쳐온 뒤 9년이 지나서야, 우울증도 아니고 강박관념증도 아니고 조현병도 아닌 전형적인 불안신경증이라는 진단을 받았다.

"미치지 않아요. 이 발작으로 죽은 사람은 한 명도 없어요. 천재는 대부분 이 병을 앓고 있답니다. 발작이 너무 심하면 이 약을 드세요. 금세 편해질 겁니다. 속이 거북하면 소화제를 먹죠? 그것과 마찬가지라고 생각하면 됩니다."

정신과 의사는 온화한 미소로 말하며 신경안정제를 줬다. 천재 운운은 나를 격려하기 위한 말이었을 터다.

그 약이 나의 상비약이 된 지도 벌써 30년이다. 복용하는 일은 거의 없으니 말하자면 부적 같은 것이다.

그나저나 내가 공황장애라는 병으로 얻은 수많은 보물에 대해 말하자면, 이제는 그것을 하나하나 구체적으로 늘어놓을 필요가 없을 듯하다. 타인의 아픔을 조금은 알게 되었다는 것만으로 충분하지 않겠는가.

그리고 하나 더, 마음의 힘이라는 것의 대단함을 몸소 깨달았다는 점도 덧붙여둔다.

아아, 또 하나 더, 나쁜 일이 생기거나 일이 잘 안 풀리는 시기가 이어져도, 그것은 생각지도 못한 '좋은 일'이 별안간 찾아오기 위해 필요한 전 단계라고 믿을 수 있게 되었다.

한신·아와지 대지진이 일어난 해 5월 말부터 약 40일 동안, 실크로드 6,700킬로미터를 여행했다는 이야기는 전에도 조금 썼다.

여행의 목적은 대승경전 3백 수십 권을 산스크리트어에서 한어漢語로 옮긴 역경승譯經僧* 구마라습鳩摩羅什의 발자취를 더듬는 것이었다.

여러 가지 설이 있지만 나습은 서기 344년에 태어나 409년에 죽었다는 것이 지금은 유력한 듯하다.

나습은 현재 중국 신장 웨이우얼 자치구의 쿠처, 당시의 구자국에서 태어났다. 타클라마칸사막의 북쪽에

---

* 경전을 번역하는 승려.

서 동서로 2,000킬로미터에 걸쳐 뻗은 톈산산맥 한가운데쯤의 남쪽 기슭에서 번영한 작은 왕국이다.

아버지는 인도 작은 나라의 재상이었던 구마라염이고 어머니는 구자국 왕의 여동생 지바다.

쿠처에 머무르며 나습과 인연이 있는 것을 접하거나 보는 게 여행의 가장 큰 목적이었지만, 뜨거운 여름의 나날을 견디며 가까스로 도착한 예전의 구자국에는 나습의 존재를 조금이라도 느끼게 하는 것은 사라지고 없었다.

오아시스 거리의 변두리, 그것도 황량한 황토색 흙과 돌만 출렁이는 곳에 옛 구자국의 왕성王城이었다는 스바시 고성이 문화재 보호를 받지도 않고 천 몇백 년 동안 방치되어 있었다.

고성이라고 불리기는 해도 커다란 흙덩이에 불과하다. 주위에는 굶주린 들개가 서성이고 있어 위험하기 짝이 없다.

과장이 아니라 목숨을 걸고 이 땅에 온 나는 몹시 낙담하여 모래바람에 침식된 고성의 한 모퉁이에 앉아 그저 침묵하는 수밖에 없었다.

해가 떨어지기 시작하고 바람이 거세어져서, 나는 쿠처 시내에 있는 호텔로 돌아와 일단 샤워를 했다. 대체 어디에 붙어 있었는지 고개를 갸웃거리게 될 정도로 미세한 모래알이 샤워기 물줄기와 함께 흘러내린다. 씻어도 씻어도 모래는 내 몸 어딘가에서 나왔다.

나까지 사막이 되어버린 기분이 드는 데다 여행은 아직 절반도 끝나지 않았다는 사실까지 떠올라, 나는 샤워를 하다 그 자리에 주저앉고 말았다. 그때 호텔의 불이 모두 꺼졌다. 쿠처 시내 전체가 정전된 것이다.

아직 열예닐곱 살밖에 안 된 호텔 여종업원이 양초를 들고 와줬지만, 나는 불을 붙이지 않아도 된다 말하고는 침대에 드러누웠다. 왠지 아직도 모래알이 몸에서 흘러나오고 있는 것 같아 견딜 수 없었다.

밤이 되자 시내 전체가 정전되어 창문으로 별이 보였다. 엄청난 수의 별이다.

삼천대천세계三千大千世界라는 말을 떠올렸다. 나는 일본에서 가져온 불교철학 사전을 꺼낸 다음 양초에 불을 붙여 침대 옆에 두고 '삼천대천세계'에 대해 다시 찾아봤다.

이는 불교의 세계관인데 하나의 우주에 비유하면 이해하기 쉽다.

태양이 있고, 그 주위에는 행성인 수성이 있고, 금성이 있고, 지구가 있고, 또 그 주위에도 위성이 있고……. 그것을 소세계라 부른다.

소세계 천 개가 소천세계가 되고, 소천세계의 천 배가 중천세계가 되며, 그 중천세계가 또 천 배 모여 대천세계가 된다.

이들을 총칭한 삼천대천세계*가 우주에는 무수히 존재한다고 설명되어 있다.

일본에서 쿠처로 온 것만으로 앓는 소리를 하는 나약한 인간은 헤아리기 어렵다. 황당무계한 상상력을 구사해도 아무래도 상상이 안 되는 세계다.

그렇지, 불교에서는 시간의 길이를 '겁劫'이라는 말로 나타내지, 생각하며 양초의 불빛에 의지해 책장을 넘겼다.

"헤아리기 힘든 장원長遠한 시간의 단위를 일컫는다"라고 쓰여 있다.

삼천대천세계의 모든 국토를 갈아서 모래알처럼 만들고, 동쪽으로 맹렬한 속도로 나아가며 천 개의 나라를 지날 때마다 한 알씩 떨어뜨린다. 이렇게 하여 모든 모래알을 다 떨어뜨린 뒤, 모래를 떨어뜨린 국토도 떨

---

* 여기서 삼천은 천의 세제곱으로 보아야 하며, 삼천대천세계란 10억 개의 세계(=우주 전체)를 가리킨다.

어뜨리지 않은 국토도 모조리 합쳐 다시 갈아서 모래알로 만든다. 그 한 알을 1겁으로 친다…….

읽다 보니 머리가 이상해질 것 같아서, '겁'이라는 시간의 척도는 거리도 나타내는 게 아닐까 생각했다.

또 대부분의 인간은 그 정도야 생각해내겠지만, 삼천대천세계의 국토를 모조리 갈아서 가루로 만들고, 천 개의 국토를 지날 때마다 한 알씩 떨어뜨리고…… 그 모래알을 전부 다 떨어뜨릴 때까지의 거리라 하면, 이 또한 아무리 황당무계한 상상력을 발휘한들 상상이 불가능하다.

그러나 이 불교의 우주관, 시간과 거리의 개념을 진실이라고 믿을 수 있다면 나의 무언가가 근저부터 바뀐다. 바뀌지 않을 수 없다.

세 살로 죽는 사람, 열두 살로 죽는 사람, 스무 살로 죽는 사람, 30대로, 40대로…… 백 살까지 사는 사람. 대단한 차이가 있다고는 여겨지지 않는다.

삼천대천세계나 겁이라는 장원한 시간과 거리를 감싸고 그 전체에서 넘실거리는 힘 안에서는, 나라는 인간이 언제 시작되어 언제 끝나는지도 모르는 것이 아닌가.

쿠처의 정전된 밤에 나는 이 터무니없는 우주관을 믿

어야 한다고 생각했다.

그러나 어찌하면 믿을 수 있나.

실크로드의 긴 여행 후반에, 나는 매일 밤 일본에서는 절대로 볼 수 없는 어마어마한 별들을 내내 바라봤다. 그것 말고는 아무것도 없었기 때문이다.

파키스탄의 카라코람산맥 속 마을로 들어가면 전기가 매우 귀해서, 대부분의 가정에서는 날이 저물면 램프에 불을 붙인다. 전구가 있어도 뭔가 축하할 일이 생겼거나 마을에서 중요한 집회를 열 때만 스위치를 켠다.

호텔에는 외국인 숙박객을 위해 작은 로비와 식당에 텔레비전을 한 대씩 뒀지만 위성방송 말고는 수신이 안 된다. 일본의 위성방송 같은 건 좀처럼 나오지 않고 주로 영어, 아랍어, 스페인어 뉴스만 나올 뿐이니 달리 할 일이 아무것도 없어서, 별이 가장 잘 보이는 곳에 앉아 그저 아무 생각 없이 밤하늘만 쳐다본다.

전기가 발견되고 전구가 발명되어 그것이 보급되기 전까지는 지구상의 모든 사람이 그런 생활을 했을 터다.

오락도 없고 전기도 없다면 밤에는 잠을 자는 것밖에 할 일이 없지만, 그만큼 인간에게는 생각할 시간이 충분히 주어진다. 많은 것을 느낄 시간도 싫든 좋든 가져야 한다.

7,000미터급 봉우리들이 늘어선 카라코람산계를 남쪽으로 내려가면, 인더스강은 차츰 폭이 넓은 급류로 변하고 길은 가파른 절벽의 가장자리를 따라 나아간다. 실로 험난한 길이다.

파키스탄 북부의 훈자와 길기트, 칠라스에서 페샤와르 근교까지는 일찍이 간다라라고 불리던 지역이다.

나는 훈자에서 사흘, 길기트에서 이틀, 칠라스에서 하룻밤을 묵었는데 매일 밤 질리지도 않고 밤하늘의 별들을 넋을 잃고 계속 바라보았다.

어느 날 밤, 하늘의 검은 부분보다 별빛이 많은 순간을 만났다. 그때의 기상 조건이 인간의 시력에 착각을 불러일으키는 한순간을 선사한 것 같다.

내 눈에 보이는 우주 공간보다 별의 수가 많다는 것은 무슨 일인가.

나는 왠지 공포와 비슷한 감정에 휩싸였지만 별이 가득한 이런 하늘을 만나는 일은 두 번 다시 없을 거라고 생각해서, 나무 벤치에서 위를 향해 누워 삼천대천세계의 지극히 일부인 티끌만 한 크기밖에 안 될 밤하늘을 계속 바라봤다.

그러던 중 어마어마한 별들이 거울에 비친 나 자신처럼 느껴지기 시작했다.

밤하늘은 거대한 거울이고, 거기에 내가 비치고 있다. 저 별들은 모두 나다…….

하지만 그런 느낌이 든 것도 한순간이고, 어떤 계시와도 비슷한 상념은 금세 사라졌다. 다시 한 번 같은 감각에 젖어들려 해도 그 느낌은 되살아나지 않았다.

길고도 가혹한 여행을 끝내고 일본으로 돌아온 뒤, 나는 다시 '삼천대천세계'와 '겁'에 대해 공부했다. 이들은 진실을 알기 쉽게 전하기 위한 비유라고 생각했지만, 그 비유로 나타내려 한 것이 진실이라면 비유는 그대로 진실로서 믿어야만 한다는 것을 깨달았다. 비유는 비유인 채 진실이다, 라고.

같은 시기에 나는 텔레비전 다큐멘터리 방송에서 인간의 난자가 난소에서 생겨난 뒤 그것이 자궁관을 거쳐 정자와 합체하여 세포 분열을 시작하는 장면을 봤다. 어떤 방법으로 촬영한 것인지 모르는 채, 어쩐지 엄숙한 마음으로 화면에 빠져들었다.

17년 전의 그 텔레비전 영상은 지금도 내 안에서 사라지지 않았다.

그리고 이 또한 신기한 일이지만, 몇 개월쯤 뒤에 이

번에는 허블 우주망원경으로 찍은 별과 은하와 성운을 텔레비전에서 봤다.

그 가운데 지구에서 몇십만 광년 떨어진 성운인데 크기는 우리가 사는 지구가 포함된 은하계의 50배인 것이 있었다.

성운은 빨강과 주황과 보라의 띠 모양 빛으로 물결쳤는데, 그 중심부에는 관簪처럼 생긴, 빛이라고도 물체라고도 할 수 없는 돌기가 있었고, 그 끝에는 푸르고 둥근 씨앗 같은 것이 달려 있었다. 말하자면 바로 지금 태어나고 있는 새로운 별의 아기라고 한다.

아기라 해도 크기는 태양의 약 200배, 온도는 400배라고 내레이터는 설명했다.

그것은 내가 몇 개월쯤 전에 텔레비전에서 본 장면과 같았다. 성운 속에 난소 같은 형태가 있었고, 자궁관과 비슷한 관 모양의 돌기가 있었으며, 난자를 꼭 빼닮은, 아직 별이 되지 않은 별이 그곳에서 태어나려 하고 있었던 것이다.

전에도 썼지만 나는 스물다섯 살 때 중증 공황장애를 앓아서 회사를 그만둘 수밖에 없었다. 혼자 전철을 타지 못하게 된 인간이 샐러리맨 생활을 이어나가기란 불가능했던 것이다.

작가에 뜻을 두고 소설을 쓰기 시작했으나 몇몇 문예상에 응모해봤자 떨어지기만 했고, 생활을 위해서는 역시 일을 하는 수밖에 없어서 전철로 통근하지 않아도 되는 곳에 일자리가 있는지 자전거를 타고 집 주변을 찾아 다녔다.

그리 쉽게 찾아질 리 없다고 생각하며, 집에서 10분쯤 걸리는 교차로까지 와서 오른쪽으로 갈지 왼쪽으로 갈지 조금 망설이다가 이유도 없이 왼쪽으로 꺾었다.

그러자 '건축 철물 이즈미상회'라는 간판이 눈에 들어왔다. 그 가게 출입문에 '사원 모집'이라는 종이가 붙어 있었던 것이다.

나는 건축 철물에 대해 아무것도 몰랐지만 뭐든 하다 보면 배우는 법이고, 일을 고를 처지도 아니었다. 아내와 두 아이가 있었고, 어머니는 작가가 되겠다고 회사를 관둬버린 아들 때문에 비즈니스호텔의 사원 식당에서 땀에 절어 일하며 애태우고 있었다. 이렇게 된 이상 좌우간 부딪쳐보자 하고 이즈미상회로 들어갔다.

사장은 면접을 본 뒤 내일부터 나오라며 나를 고용했다.

당시 이즈미상회는 사원은 하나뿐이었고 사장의 부인이 사무를 담당했다. 장사를 시작한 지 고작 2, 3년이라서 오사카에서 고베까지 공사 현장을 부지런히 찾아다니며 판로 확장에 열심이었다.

나는 이즈미상회에서 일하기 시작한 날부터 사장과 함께 차로 공사 현장을 이곳저곳 돌며 주문 받는 방법이라든가 건축 철물에 대한 기초 지식 등을 배웠지만, 그런 건 하루아침에 외울 수 없다.

현장에 따라서는 밤늦게까지 공사를 강행하는 곳도 있었고, 가게 문을 닫으려는 참에 이것과 저것을 얼른 가져다달라는 전화가 오면 멀어도 배달해야만 하니 귀가는 열 시, 열한 시가 된다.

이래서는 소설을 못 쓰겠다고 고민하다가 얼추 두 달 만에 이즈미상회를 그만뒀다.

그로부터 1년 뒤에 『흙탕물 강』으로 다자이 오사무상을, 그 이듬해에 『반딧불 강』으로 아쿠타가와상을 수상했는데 아쿠타가와상 때는 이즈미상회의 사장한테서 축하 청주를 받았다.

나는 그 뒤 폐결핵으로 입원했고, 요양 생활을 이어나가며 이즈미상회에서 멀리 떨어진 곳으로 이사도 가서 이즈미 씨 부부와는 완전히 소원해지고 말았다.

이즈미상회에서 일했던 때로부터 스무 해 가까이 지난 무렵 한신·아와지 대지진이 일어났다.

우리 집도 무너져서 살 수 없게 되었지만 네댓새 지나자 이즈미상회는 어찌 되었을까 걱정이 되기 시작했다.

이즈미 씨 부부가 사는 집은 오사카의 도요나카시에 있었고 지진은 이른 아침에 일어났으니 생명이 위험하지는 않았겠지만, 2층이 창고인 그 점포는 납작하게 무너졌을지도 모른다.

그리 생각하고 차를 몰아 이즈미상회로 가봤다. 건

물은 무사했지만 다른 회사의 간판이 걸려 있었다.

어디로 이사했는지 조사할 길 없이 또다시 십수 년이 지났다.

이즈미 씨의 부인으로부터 갑작스러운 전화를 받은 것은 5년 전이다. 남편은 몇 년 전에 세상을 떠났고 이즈미상회는 본인이 뒤를 이었으며, 가게 이름도 바꾸고 도요나카시에서 장사를 계속해오다 지금은 아들이 사장이 되었다고 이야기한 뒤,

"제 아버지의 유품을 정리하다 보니 수기 같은 게 나왔어요. 아버지도 어머니도 저도 여동생도 남동생도 종전•을 현재 북한의 성진•이라는 곳에서 맞이했는데요. 아버지는 그곳에서 삼팔선을 넘어 일본으로 돌아올 때까지의 일을 써두자고 생각한 거겠죠. 우리가 가지고 있는 것보다 미야모토 씨가 읽어보시면 무슨 도움이 될 수도 있고, 아버지도 기뻐하지 않을까 해요."

라는 요지의 이야기를 이즈미 기쿠코 씨는 빠르게 했다.

종전 뒤의 북한에서? 어린 자식들을 데리고 삼팔선

• 태평양전쟁(1941~1945) 패전을 일본에서 이르는 말.
• 함경북도 남부의 시로 1951년에 김책시로 개칭되었다.

을 넘어서?

그건 정말로 귀중한 수기가 아닐까 생각했다. 군인도 아니고 당시의 정부 요직자도 아닌, 한 서민의 수기인 것이다.

"삼팔선을 넘는 건 당시에는 목숨을 건 일이었겠지요. 죽음을 각오한 길이네요."

나는 그렇게 말했다.

"그것도 육로가 아녜요. 바다를 돛단배로 건넜죠."

"배로요?"

"우리 가족 말고, 아버지는 다른 일본인도 150명 가까이 태워줬어요."

나는 그 수기를 꼭 읽고 싶었다.

자신의 기구한 반생 이야기를 읽어달라든가, 죽은 아내가 만년에 쓴 시를 비평해달라든가, 내게는 그런 의뢰 편지가 자주 오지만 전부 거절하고 있다. 그러나 이즈미 씨의 이야기를 듣고 어떤 직감 같은 것이 발동한 것이다.

나는 날짜와 시간을 약속하고 이즈미 씨 댁을 방문하여 아버님이 남긴 수기와 메모류 등을 봤다.

그 가운데 작은 천 배낭이 있었다. 한 척 돛단배로 목숨을 건 탈출을 감행하는 전날 밤, 아버님이 기쿠코 씨를 위해 손수 바느질해 만든 배낭이었다.

거기에는 기쿠코 씨 앞으로 쓴 편지 한 통이 딸려 있었다.

—이건 추억의 배낭이다. 북한의 성진항에서 삼팔선을 넘어 일본 땅을 밟을 때까지, 목숨을 건 괴롭고 혹독한 길에서 너는 내내 이 가방을 등에 메고 있었다.

그런 요지의 이야기가 쓰여 있었다.

배낭은 세로가 약 25센티미터, 가로가 약 20센티미터. 다섯 살 여자아이의 등 크기에 맞추어 만들어졌다.

나는 수기첩도 손으로 만든 배낭도 나중에 반드시 돌려드리겠다고 말한 뒤, 그것들을 받아 집에 와서 곧바로 수기를 읽기 시작했다.

아버님의 이름은 요코타 규지. 전쟁 중에 새색시와 함께 조선 북부의 성진으로 건너가 일본인 거리에서 옷감과 서양식 옷을 파는 가게를 열어 많은 조선인들과 교우 관계를 돈독히 쌓았던 모양이다. 아직 서른 살이 될까 말까 한 청년이었다.

수기는 일본으로 무사히 돌아와 교토 시내에서 가족이 살 만한 집을 어찌어찌 찾은 무렵 쓰기 시작했다.

요코타 규지 씨는 1945년 8월 15일에 패전을 안 순간부터 폭 3미터, 길이 20몇 미터의 돛단배를 타고 바다의 삼팔선을 향해 가다가 몇 번이나 생명의 위험을 마주한 끝에 기적적으로 조국에 돌아와 교토에서 안주할 땅을 얻을 때까지의 일을 모두 쓸 생각으로 펜을 들었을 터다.

하지만 패전 뒤의 일본에서는 그날그날을 살아가기 위한 가혹하고도 격렬한 싸움이 기다리고 있어서 수기는 도중에 끝나 있었다.

마침 그 무렵 나는 어느 여성지에 『물의 형태』라는 소설 연재를 막 시작한 참이었다. 선량한 사람들의 연대, 그것이 『물의 형태』의 주제였다.

나는 요코타 규지 씨의 수기를 소설과 합체시키기로 결심했다. 소설 속에 집어넣음으로써, 요코타 규지라는 이름 없는 청년의 행동력과 결단력과 용기와 지혜 덕분에 북한에서 발이 묶였던 150명에 가까운 일본인들이 목숨을 구한 일이 영원히 새겨진다. 그리고 그것은 『물의 형태』라는 소설의 주제를 더욱 확장시킨다. 나는 그리 판단했던 것이다.

이를 위해서는 도중에 끝난 수기를 누군가의 손으로 완결시켜야 한다.

나는 편집자와 의논한 뒤 이즈미 기쿠코 씨에게 전화를 걸어 죽음을 각오한 길을 함께한 어머님의 연세를 물었다.

여든여섯이 되었지만 아주 건강하고 기억력도 건재하다고 했다.

며칠 뒤 나와 편집자는 요코타 규지 씨의 아내 기미코 씨가 기다리는 이즈미가家를 방문하여 종전한 날부터 조국 땅을 밟을 때까지의 일을 이야기해달라고 해서 그것을 녹음했다.

옛날 일이라서 이야기가 이리저리로 건너뛰기는 했지만, 듣고 있던 나와 편집자가 때로 말문이 막힐 정도로 현장감 있는 내용이었다.

무엇보다 내가 감동받은 부분은 성진의 거리에 몸을 숨긴 요코타가家 사람들을 구해준 것이 현지의 조선인이었다는 점이다.

진격해온 소련군과 폭도로 변한 조선인은 일본인 거리에 사는 많은 사람들을 죽이고 재물을 빼앗았지만, 요코타 규지 씨가 자기 가게의 종업원으로 고용하여 소중히 대했던 조선인들은 이 집은 빈집이다, 다른 집을 뒤져라, 하고 끝까지 거짓말을 해줬고 먹을 것도 몰래 가져다줬다고 한다.

이제 육로로 삼팔선을 넘는 건 불가능하다. 운명은 하늘에 맡기고 해로로 가라. 그것 말고는 탈출할 방법이 없다. 그렇게 권하며 배를 준비해준 것도 조선인 친구들이었다.

우리 가족끼리만 갈 수는 없다. 150명 가까이 되는 동포들도 데려간다. 요코타 씨는 그렇게 말하며 꿈쩍도 하지 않았다. 서른 살이 될까 말까 한 청년이 말이다.

요코타 규지 씨의 부인이 해준 이야기를 여기에 전부 다 쓰기란 지면 사정상 불가능하지만, 그런 청년이 종전 직후 조선 북부의 성진이라는 곳에 있었던 것이다.

부인의 이야기는 가족이 일본으로 돌아온 대목에서 끝나지 않았다. 그 이후 생활을 위한 악전고투부터 넥타이 제조 판매라는 장사를 생각해내어 그것을 궤도에 올려놓기까지의 수년간으로 이어진다.

선량한 사람들의 연대, 이것이 지금만큼 요구되는 시대는 없는데도 사람들은 그 방향을 향해 구체적으로 움직이려고는 하지 않는다. 인종이나 학력이나 사회적 지위 따위와는 상관없이 인간 하나하나가 얼마나 존귀한 존재인지 모르기 때문이라고 생각한다.

어쨌거나 고작 두 달이기는 했지만, 내가 건축 철물점 '이즈미상회'에서 일하지 않았다면 요코타 규지 씨의 수기나 손으로 만든 작은 배낭을 만날 일은 없었을 것이다.

전원의 빛

몇 가지 인연이 겹쳐서 도야마현의 기타닛폰신문에 소설을 연재하게 되었다.

매주 일요일마다 원고지 여덟 장 분량*을 싣고, 거기에 삽화도 넣는다는 안이 나온 것은 2011년 여름이었다.

준비 기간이 필요하니 연재 시작은 내후년 첫 일요일부터겠지. 그렇다면 쓸 수 있다. 나는 그리 어림잡고 좋아요, 합시다, 하고 대답했다.

그러나 무슨 운명인지 이듬해 설날이 일요일이었다. 모처럼 연재를 시작하는 것이니 일요일이면서 설날이

---

* 일본에서는 보통 400자 원고지를 쓴다.

기도 한 2012년 1월 1일부터 써줄 수 없겠냐고, 조심스럽기는 했지만 반드시 '좋아'라고 대답하게 만들겠다는 기백으로 담당 기자가 직접 담판을 지으러 왔기에

"뭣! 앞으로 넉 달도 안 남았잖아. 장편소설을 연재하는 거라고. 억지 부리지 마."

하고 대꾸했다.

여하튼 어떤 소설을 쓸지 전혀 떠오르지도 않는 상황이었다. 기타닛폰신문에 하는 연재이니 도야마가 주요 무대인 소설을 쓰자는 정도밖에 생각해두지 않았다.

"사장도 편집국장도 문화부 부장도 미야모토 선생님께 '좋아'라는 대답을 듣기 전까지는 도야마로 돌아오지 말랬어요."

담당 기자는 그리 말하며 머리를 연신 숙였지만, 도야마로 돌아가지 않겠다고 작정한 것은 그의 뜻임을 알고 있었기에

"안 돌아가면 곤란한데."

하고 난처해하며 나는 말했다. '좋아'라고 대답한 것이나 마찬가지다.

그때 나는 여름 작업장인 가루이자와에서 수많은 연재소설을 떠안고 있었다.

뭐, 어떻게 되겠지. 지금까지도 어떻게 되어왔으니

까. 나는 스스로를 힘껏 격려하며 담당 기자에게 도야마로 돌아가도 된다고 말했지만, 그가 돌아간 뒤 터무니없는 상황이 벌어졌다며 머리를 싸매었다.

9월 초에 나는 자동차로 가루이자와에서 도야마로 향했다. 일단 도야마의 농촌을 봐두자고 생각한 것이다. 그래서 화창한 날을 골라 조신에쓰 고속도로에서 호쿠리쿠 고속도로로 들어가 동해를 따라 달렸다.

옛날에는 여행자의 최대 난관이었던 니가타현의 오야시라즈를 지나면, 곧바로 도야마현과의 경계를 넘어 시모니카와군 아사히마치로 들어간다.

그 순간 믿을 수 없이 광대한 전원 풍경이 펼쳐졌다. 왼쪽에는 다테야마 연봉과 북알프스˙의 산봉우리들, 오른쪽에는 동해.

이 얼마나 풍요로운 전원인가. 나는 살짝 놀라며 그렇게 생각했다. 그러자 금세 아사히마치를 지나 뉴젠마치로 들어갔다. '명수名水의 마을 뉴젠'이라고 쓰인 간판이 있고 인터체인지는 바로 코앞이었다.

"명수라는 건 천연 지하수로군. 목도 마른데 마시러 갈까."

˙ 도야마현, 니가타현, 기후현, 나가노현에 걸쳐 있는 히다산맥의 통칭.

나는 차를 운전하는 H 군에게 말했다. 내 사무실의 운영은 이 H 군에게 전부 맡기고 있다.

"차가운 지하수가 마시고 싶네요."

하고 대답하며 H 군은 뉴젠 인터체인지에서 고속도로를 빠져나왔다. 그곳은 전원 지대의 한가운데였다. 도야마 농촌 특유의 '방풍림'으로 둘러싸인 농가가 드문드문 있었다.

어디로 가면 그 명수라는 지하수를 마실 수 있을까, 아무튼 역으로 가자, 역무원에게 물어보자, 라는 이야기를 주고받은 우리는 도로 지도를 보며 일단 JR* 뉴젠 역으로 향했다.

그날이 도야마에서는 보기 드문 맑은 날이었고, 수확을 3주 앞둔 벼이삭이 익어가고 있었으며, 커다란 잠자리가 날아다녔고, 구름 한 점 없는 푸른 하늘이 동해에도 다테야마와 북알프스의 상공에도 펼쳐져 있던 것이 얼마나 행운이었는지를 나중에야 알았다.

도야마는 북알프스의 산봉우리들이 이루는 거대한 병풍 너머에서 불어오는 차가운 바람과 도야마만에서

---

* Japan Railways. 일본 국유 철도의 분할 및 민영화로 생겨난 여객철도회사와 화물회사를 일컫는 약칭.

올라오는 따뜻한 기류가 맞부딪쳐 날씨가 늘 격렬하게 변한다. 일기예보는 믿을 수 없고, 맑게 개어 있다가도 갑자기 먹구름으로 뒤덮이고 비가 쏟아진다.

하지만 그날은 하루 종일 맑은 하늘이 이어졌다.

우리는 뉴젠역에서 바다로 이어지는 논밭으로 나아가 높은 방파제 앞쪽에 있는 지하수 음수대에서 차가운 물을 마시고 그것을 페트병에 담았다.

"음, 맛있네. 미네랄도 풍부하고, 아무리 담아도 공짜잖아."

"뉴젠어항漁港에 안 가실래요? 거기서 구로베강을 따라 쭉 올라가면 우나즈키온천이에요."

H군은 지도를 보여주며 제안했다.

우리는 뉴젠어항으로 가서 그 옆의 가파른 벼랑에서 낚싯줄을 늘어뜨리고 있는 낚시꾼들이 낚은 물고기를 들여다보며 시간을 보낸 뒤, 구로베강의 둑을 따라 산 쪽으로 달리기 시작했다.

강의 양옆으로 펼쳐진 광대한 전원 지대는 '구로베강 선상지扇狀地'라 불린다. 항공사진으로 보면 산기슭에

• 하천을 따라 운반된 자갈과 모래가 평지에서 부채 모양으로 쌓여 이루어진 지형.

서 도야마만을 향해 전원 지대가 또렷한 부채꼴로 이어져 있는 것을 알 수 있다.

구로베강은 옛날에는 손쓸 도리 없이 자주 범람하는 강이었다. 넘친 물은 선상지를 잠기게 할 뿐만 아니라 지하로 흘러들어 작물을 괴멸시켜왔다.

게다가 구로베강의 원류는 북알프스 중앙에 있는 표고 2,924미터의 와시바산으로, 도야마만까지의 거리는 고작 85킬로미터다.

메이지 시대*에 침수 공사 지도를 위해 일본에 온 외국인 기사가 이건 강이 아니라 폭포라고 말했다 한다.

강이 범람하면 논밭이 물에 잠길 뿐만 아니라, 그 지독한 차가움 때문에 모든 작물이 계속해서 죽어갔다.

이 난제를 극적으로 해결한 것은 약 10년에 걸쳐 이어진 '유수객토'라는 방법이었다. 구로베강의 상류에서 점토와 진흙을 대량으로 계속 흘려보내면, 그것들은 급류로 인해 하류로 밀려 내려가 범람과 함께 선상지를 뒤덮는다. 자주 넘치는 강의 성질을 이용하여 벼농사에 적합한 땅으로 선상지 전체를 개량한 것이다.

동시에 지하로 흘러들어간 물은 질 좋은 천연수로 솟

---

* 1868~1912년.

아나 농가에 은혜를 가져다주고, 도야마만에 플랑크톤을 길러 어장을 풍성하게 만들었다.

나는 들고 간 도야마현 가이드북에 간략히 설명되어 있는 '구로베강 선상지'의 역사를 읽으며, 성공 아니면 실패밖에 없었을 '유수객토'라는 거친 방법을 쇼와 20년대•에 잘도 단행했다고 생각했다.

구로베강 강둑은 외길이 아니었다. 강의 상류를 향해 왼쪽이 뉴젠마치, 오른쪽이 구로베시여서, 둑길이 끊길 때마다 뉴젠마치의 전원 지대로 우회하거나 구로베시 쪽의 현도懸道로 나가며 우리는 선상지의 주요 장소로 향했다.

강여울에 낚시꾼들의 모습이 나타났다. 허리까지 오는 고무 바지를 입고 은어 낚시용 장대를 쓰고 있다. 그런데 아무리 은어라도 이 급류에서 낚일까. 혹시 은어가 아니라 다른 물고기가 아닐까. 만약 그렇다면 어떤 물고기일까.

나는 궁금해서 차에서 내려 강변으로 난 비탈길을 걸어갔다.

여하튼 물살이 빠르고 수량이 많아서 강물 속에 버티

• 1945~1954년.

고 서서 장대를 흔드는 낚시꾼에게는 내 목소리가 들릴 것 같지 않았다. 뭘 낚고 있느냐고 물어도 소용없을 듯했다.

하늘에서는 솔개가 느긋하게 커다란 원운동을 계속하고, 눈높이에서 잠자리가 서로 부딪칠 듯한 직진 비행을 하고 있다.

쨍그랑 석영 소리 가을*

나는 누군가의 짧은 시를 떠올리며 강변의 둥근 돌을 향해 허리를 숙였다. 초등학교 3학년을 마칠 무렵부터 5학년이 될 때까지 살았던 도야마 시절의 일을 그렇게 마음속으로 반추했다.

아버지는 오사카에서 사업에 실패하여 지인과 새로운 장사를 시작하기 위해 도야마로 이사했다.

하지만 그 일이 잘 풀리지 않아 아버지는 금세 포기하고 혼자서만 오사카로 돌아갔다. 남겨진 어머니와 나는 도야마시의 오이즈미라는 곳에 있던 목수의 집 2

---

* 소설가 이노우에 야스시가 중학교 3학년 때 듣고 오랫동안 잊지 못했다는 친구의 자작시.

116

층을 빌려서 오사카로 돌아갈 수 있는 날을 기다렸다.

아버지는 매달 말에 생활비를 보내줬지만 얼마 못 가 자주 밀리게 되었고, 겨울이 시작된 무렵에는 송금이 끊기고 말았다.

생계를 다시 세우기 위해 결사적으로 뛰어다니고 있을 아버지를 생각하면 어머니는 마음대로 오사카로 돌아갈 수 없었고, 매일같이 나를 우체국에 보냈다. 현금 서류가 도착했는지 묻기 위해 나는 자전거로 우체국에 갔지만, 그런 나를 보면 우체국 직원이 먼저 가엾다는 듯 고개를 가로젓게 되었다.

어머니가 갑자기 천식 발작을 일으킨 것은 그 무렵이었다. 발작은 반드시 저녁때 일어났다. 나는 그때마다 자전거로 병원에 가서 의사 선생님을 짐받이에 앉히고 집으로 내달렸다.

치료비는 어떻게 냈는지 기억에서 지워졌다. 의사 선생님이 기다려줬던 걸까.

도야마에서의 1년 동안에는 좋은 추억이 하나도 없는 것 같지만, 여름날 이른 아침에 아버지와 자주 자전거를 탔었지. 어머니가 만들어준 도시락을 짐받이에 동여매고 아버지와 나란히 시골길을 자전거로 되는대로 달렸고, 우물물을 얻어 마시며 어느 농가의 마당에서 도시락을 먹었다.

즐거운 추억이라 하면 그 정도인데, 설마 그로부터 약 50년 뒤에 도야마의 기타닛폰신문에 소설을 연재하게 될 줄이야. 인생이란 신기한 것이구나.

나는 그런 것을 생각하며 구로베강 강둑으로 돌아와 뉴젠마치의 전원에 넋을 잃었다.

저물기 시작한 태양이 선상지 전체를 반짝이게 하고 있었다. 여열을 품은 바람이 바다 쪽으로 불어가, 이삭이 흔들릴 때마다 시야는 밝은 비단벌레 날개 색으로 파도쳤다.

그때 내 안에서 소설이 태어나 움직이기 시작했다. 이제부터 쓰기 시작할 소설의 부분 부분이, 엉클어진 순서로 영상이 되어 떠오른 것이다.

제목도 금방 생각났다. 『전원발 항구행 자전거』.

그런 일은 소설을 쓰기 시작하여 약 38년 동안 한 번도 없었다.

나는 지금 당장이라도 가루이자와의 작업장으로 돌아가 집필을 시작하고 싶었다. 안 쓰면 사라져간다. 그런 생각이 나를 초조하게 만들었다.

나는 무엇에 촉발된 것일까. 소설가는 늘 무언가에 촉발되어 주제와 소재와 이야기와 등장인물들을 창조해나가지만, 구로베강의 둑에서 뉴젠마치의 전원을 바라본 것만으로 내 안에서 무슨 일이 일어난 건지 어떤 말로도 설명할 수 없다.

나는 약속대로 2012년 1월 1일부터 기타닛폰신문에 『전원발 항구행 자전거』 연재를 시작했고, 방금 원고지로 664장분을 담당 기자에게 건넸다. 1,200매짜리 장편이 될 예정이다.

노인 하나의 죽음은 도서관 하나의 소멸과 같다는 속담이 있다.

언제 어디서 읽었는지 잊어버렸지만, 그때 나는 젊은 시절 한 시기에 홀린 듯 내내 생각했던 어떤 환상, 혹은 풀리지 않는 수수께끼의 늪 속으로 다시 한 번 빠져들었다.

서른한 살을 코앞에 둔 무렵, 나는 꽤 위중한 폐결핵으로 병원의 격리 병동에 입원하는 처지가 되었다. 그곳에는 같은 병을 가진 남녀노소가 열두세 명 있었다.

다른 병동에는 결핵이 아닌 환자도 많이 입원해 있었다. 거기서 죽음은 일상적인 일이었다.

유체는 영구차가 아니라 임시 관에 넣어서 장의사의

왜건으로 자택이나 장례식장으로 옮긴다. 입원 환자에게 보이지 않도록 뒷문으로 나가지만, 결핵 병동은 그 뒷문 근처에 있어서 싫어도 병실 창문을 통해 눈에 들어오고 만다.

열흘 가까이 그 하얀 왜건을 보지 않을 때도 있는가 하면, 하루에 세 번이고 네 번이고 뒷문을 드나드는 모습을 볼 때도 있었다. 하지만 어떤 경우든 우리는 하얀 왜건이 나갈 때는 순간적으로 함께 침묵했다.

내가 입원한 것은 1월이었는데, 2월 중순의 유난히 추운 날 결핵 병동의 장로가 죽었다. 다들 그 일흔다섯 살의 과묵한 남성을 '장로'라고 불렀다.

입원한 것은 5년 전인데 그때까지는 솜씨 좋은 창호장으로 이름을 떨쳤다고 한다. 몇몇 상을 받았고, 교토나 나라의 유명한 신사와 절을 개수 공사할 때는 그가 자주 지명되었다 한다. 나는 '장로'에게 문병객이 찾아온 것을 본 적이 없고, 가족 같은 사람이 온 기억도 없다.

'장로'의 유체가 뒷문으로 나가고 얼마 뒤, N이라는 50대 중반의 부인이 사진집 한 권을 들고 내 병실로 찾아와 모두 '장로'의 작품이라고 말했다. 신사나 절, 중요문화재로 지정된 오래된 건물의 미닫이와 여닫이,

상인방上引枋*의 사진 아래에는 제작연월일과 '장로'의 이름이 적혀 있었다.

약력을 읽어보니 후쿠이현의 와카사에서 태어나 열세 살 때 교토 창호 명인의 제자로 들어갔고, 쉰 살 때 독립을 허락받았다고 한다. 요컨대 스승 아래에서 37년 동안 수행을 쌓았다는 뜻이다.

나는 그 사진집을 빌려서 이따금 책장을 넘기며 명인의 세계를 접했는데, 그러던 중 이 사람이 오랜 수행으로 얻은 것은 죽음과 함께 모조리 사라져버리는 걸까 하는 생각이 들었다.

창호장의 세계뿐만이 아니다. 그들 장인의 직종은 여러 방면에 걸쳐 있으며, 학문이나 운동이나 예술 분야에서도 고도의 기량과 출중한 재능을 지닌 사람이 있다. 그리고 그 어느 것 하나라도 노력과 부단한 수련 없이는 체현이 불가능하다. 그것들은 그 사람이 이 세계에서 모습을 감추면 무無로 돌아가는가.

계승자에게 기술이나 지식을 전수할 수는 있어도, 전수받은 것은 어디까지나 계승자의 소유가 되므로 전수

---

* 창문 위 또는 벽의 위쪽 사이에 가로질러 놓는 나무로, 창이나 문틀 윗부분 벽의 하중을 받치는 역할을 한다.

한 사람만이 가지고 있던 독자적인 개성과는 별개다. '장로'의 죽음으로 '장로'만의 재능과 기술도 사라져버리는 걸까…….

나는 아무래도 납득이 되지 않았다. 특별한 학문적 지식이나 천재적인 기량 말고도, 빼어난 면을 지니고 있는 사람은 세상에 얼마든지 존재한다.

대단한 학력도 없고 부자도 아닌, 어디에나 있을 듯한 평범한 아저씨나 아주머니지만 세상살이 경험이 풍성한 사람들을 나는 알고 있다. 고민하는 사람이나 고생의 한복판에 있는 사람을 격려하는 데는 명인인 이도 나는 많이 안다.

그런 인간성의 선량한 특질도 죽음과 함께 사라져버리는 걸까…….

아마도 폐결핵으로 격리 병동에 드러누운 상황이었기 때문이겠지만, 한밤중에 불을 끄고 침대에 누워 있던 나는 '아니, 사라지지 않아. 없어져버릴까 보냐' 하고 생각했다. 그 사람은 자신의 지식이나 기량을 몽땅 그대로 가지고서 또다시 태어나는 게 아닐까. 그게 아니라면 천재가 세상에 나타날 리 없다. 돌연변이로 솔개에게서 태어난 매처럼*, 줄지어 앉아 있는 어른들을 경악시키는 두뇌나 신체나 정신 능력을 발휘하는 아이가 등장하는 데는 과학적 근거가 반드시 숨어 있다.

나는 그리 확신했지만, 과학적 근거란 무엇이냐고 자문하면 대답은 나올 것 같지 않았다. 유전자와는 다른 차원의 일이라는 느낌이 들었기 때문이다.

최근, 사십몇 년 전에 두세 번 만났던 사람을 떠올렸다.

내가 대학생이던 무렵, 친구 집에서 셋방살이를 하던 기묘한 남자였다.

친구의 집은 오사카시 아베노구의 칸막이집과 낡은 목조 2층집이 빼곡한 곳에 있었고, 외관은 전쟁* 전 시대의 초등학교 건물을 셋으로 나눈 듯했다. 친구의 아버지는 벌써 몇 년도 전에 돌아가셨다.

배치가 좀 특이해서 1층의 8첩과 6첩 방 위에 친구와 그 여동생의 방이 있었고, 1층과 2층의 중간에도 천장이 낮은 다다미방이 있었다. 친구 방에 가려면 손때 묻은 나무 화로가 있는 8첩 방 안쪽의 계단을 올라간 뒤, 방이라고도 층계참이라고도 할 수 없는 마루가 깔린

• 평범한 부모에게서 뛰어난 아이가 태어난 것을 비유하는 일본 속담.
• 제2차 세계대전.

공간에서 1.5층의 작은 방을 빠져나가 다시 낮은 계단을 올라가야 했다.

말하자면 1.5층이라 할 수 있는 곳의 이 다다미방은 왜 있느냐고 물어도 친구는 몰라, 옛날부터 있었는데 아무도 쓴 적이 없어, 하고 대답했다.

나는 자주 그 집에 놀러 가 자고 왔는데, 어느 날 자그마한 초로의 남자가 1.5층 방에서 석유난로 하나를 두고 앉아 있었다.

엊그제부터 저 방에서 살게 되었다고 친구는 설명했지만, 가족과 어떤 관계인지는 말하지 않았다.

친구의 어머니는 가게 없이 개인으로 의류용품을 파는 장사를 하고 있어서 일상적으로 기모노를 입는 사람들이 고객이었다. 다도나 꽃꽂이 선생, 당시 오사카에 아직 적지 않았던 화류계에서 일하는 사람들이다.

옷감이나 재봉한 기모노 등을 들고 버스나 전철로 단골손님을 찾아가는데, 월말의 사흘 정도는 수금도 해야 한다. 미야모토 군이 그 사흘 동안 차를 운전해주면 아르바이트비를 줄게, 어때.

그리 부탁받고 나는 한 달에 사흘 동안만 운전사로 일하게 되었다. 친구는 아직 운전면허증이 없었던 것이다.

단골손님은 오사카 시내뿐만 아니라 여기저기에 흩어져 있었다. 아베노구에서 스미요시구로 갔다가 거기서 사카이시나 기시와다시로 달리고, 그다음에는 후쿠시마구에서 이바라키시로 가는 식의 효율 나쁜 일이 끝나면 대체로 밤 아홉 시가 다 되었다. 나는 아르바이트를 하는 사흘 동안은 친구 집에 묵기로 했다.

첫날 밤 어머님과 함께 집으로 돌아오자 거뭇거뭇 썩어가는 듯한 다다미가 현관 앞에 기대어 세워져 있었다. 남자는 천장이 낮은 1.5층 방을 뜯어고치기 시작한 것이다.

다다미를 버리고 마루청을 뜯어내고 벽도 천장도 나무판자로 바꾸는 모양이었다. 그 작업은 남자 혼자서 닷새 만에 끝냈지만 성가신 건 그다음이었다. 니스류를 일체 쓰지 않고, 원목 널빤지를 소주에 적신 천으로 열심히 닦기 시작한 것이다.

어머님 말로는 아침부터 밤까지 닦는다고 했다.

나도 내 친구도 친구의 여동생도 2미터쯤 아래에서 피어오르는 소주 냄새 때문에 속이 메스껍고 머리가 아파서 도무지 잘 수가 없었다.

소주로 원목 널빤지를 닦으면 세월이 흐를수록 멋스러운 광택이 생기며, 벌레 먹는 것도 곰팡이도 방지할 수 있다고 남자가 말했다 한다. 그리고 그 작업은 석 달이 걸렸다.

나는 대학에서 친구를 만날 때마다

"아직도 하고 있어?"

라고 물었다. 친구는 그 남자가 소주를 수건에 적셔 널빤지를 계속 닦는 모습에는 소름 끼치는 데가 있어서, 보고 있으면 왠지 오싹해진다고 말했다.

그 친구가 드디어 운전면허증을 따서 나의 아르바이트는 석 달 만에 끝났다. 남자에 대해서는 그것을 마지막으로 잊어버렸다.

그로부터 스무 해 남짓 지난 무렵, 친구의 어머니가 돌아가셨다는 전화를 받았다.

그 특이한 집도 주위의 연립주택과 함께 일괄로 부동산 업자에게 파는 것으로 이야기가 정리되어 친구와 여동생은 맨션으로 이사했는데, 집을 허무는 단계에 이르러 남자가 오래된 집에 쓰였던 목재를 전문으로 사들이는 업자를 데려와서 1.5층의 소주로 닦은 나무 널빤지를 한 장도 남김없이 팔았다. 깜짝 놀랄 정도로 비싼 값에 팔린 모양이다. 그리고 그 대금은 모조리 친구와 여동생에게 건네고 나갔다 한다.

나는 그 남자가 친구의 가족과 어떤 관계였냐고 처음

으로 물어봤다. 물으면서 쓸데없는 것을 입에 올리고 말았다고 생각했다.

친구는 그 질문에는 대답하지 않은 채

"괴짜라면 괴짜지만 좋은 사람이었어. 무슨 일이 있어도 화를 안 내. 여러 가지 일을 도와줬지. 그 널빤지를 팔아버린 걸 나는 좀 후회하고 있어. 맨션 방의 바닥에도, 벽에도, 천장에도 그걸 붙이고 싶었는데."
라고 말했다.

그 1.5층에서 올라오는 견디기 힘든 소주 냄새가 되살아나면, 나는 앨리스터 매클라우드Alistair MacLeod라는 캐나다 작가의 소설 속 한 구절을 이렇다 할 이유도 없이 떠올린다.

"누구든 모두 떠나는 법이야." 아버지가 조용히 말한다. 나는 아버지가 산타클로스 이야기를 한다고 생각한다. "하지만 슬퍼할 필요는 없어. 좋은 걸 남겨두고 가니까."

앨리스터 매클라우드 「모든 것에 계절이 있다To Everything There Is a Season」.

도사보리강에서 다뉴브강으로 1

나는 네 살부터 아홉 살까지 오사카시 기타구 나카노시마 7가의 도사보리강과 도지마강 사이 끼인 곳에서 자랐다. 기타구北區라고는 해도 나카노시마의 서쪽 끝으로, 두 강이 합류하여 아지강으로 이름을 바꾸는 지점이다. 아지강은 그대로 서쪽으로 흘러 오사카만으로 들어간다.

집에서는 강가의 창고들로 가로막혀 안 보이지만 바다는 가까이에 있다. 만조 때는 집 바로 옆으로 흐르는 도사보리강이 시시각각 불어나는 모습을 또렷하게 볼 수 있다.

여름 만조 때면 강이지만 바닷물 냄새로 가득해서 땀 때문이 아닌 끈적함으로 온몸이 휘감긴다.

강에는 커다란 거룻배와 그것을 로프로 끄는 작은 통통배가 새벽녘부터 깊은 밤까지 끊임없이 오갔다. 선체에 페인트로 쓴 글씨를 보지 않아도 아아, 제3 에이코호구나, 마쓰시마호구나 하는 것을 알게 되어 선장과 그 가족의 얼굴이 곧바로 떠올랐던 어린 나는, 서둘러 창가에서 손을 흔들고는 했다.

거룻배는 짐만 운반하는 게 아니라 선장의 아내와 아이들, 기르는 개와 고양이도 태우고 있다. 선미에는 빨래를 너는 장소가 있어서 갓난아기의 기저귀나 부부의 속옷 같은 것이 강바람에 나부낀다.

낯이 익어버린 통통배의 가족은 열몇 집 되었던 것 같다. 나는 통통배의 엔진 소리만으로 누구의 배인지 알아차렸다.

"고짱은요?"

내가 소리 높여 물으면 조타실에서 선장이 얼굴을 내밀며

"오늘은 학교 갔어."

라고 대답하고, 거룻배 위의 아내도 부푼 배로

"어머니는 감기 다 나았니?"

하고 되묻는다. 개가 나를 보고 꼬리를 흔들며 짖는다. 어머니가 와서

"언제 태어나?"

하고 묻는다.

"이제 금방이야. 배 위에서 낳으면 출생지 불명인데."

아내가 웃으며 말한 즈음에는 통통배가 다리를 빠져나가 아지강으로 모습을 감춘다.

하루에도 몇 번이나 여러 수상생활자들과 찰나의 대화를 나누다 보니, 나는 어렸지만 각각의 가족이 지닌 대략적인 사정을 차츰 이해해갔다.

저 배의 막내는 중학교도 졸업하지 않은 채 시내의 공장에서 일을 시작했다거나, 두 달 전에는 건강했던 저 배의 할아버지가 아무래도 죽은 모양이라거나…….

그런 다소 특이한 곳에서 유소년기 5년을 보낸 나는, 오사카 변두리의 강과 거기서 생계를 꾸려나가는 사람들의 땀내와 햇볕 냄새, 생활에 찌든 한숨 같은 것이 마음의 주름 여기저기에 깊이 잠식해 있다.

이런저런 강이 있지만, 나에게 강이란 숨 쉬는 인간이 모든 것을 드러내며 살아가는 가난한 생활의 전시장이다.

1982년 가을, 나는 아사히신문에 연재하는 소설의 취재를 위해 다뉴브강을 따라 3천 몇백 킬로미터를 여행했다. 당시의 서독, 오스트리아, 헝가리, 유고슬라비아, 불가리아, 루마니아 6개국을 거쳐 다뉴브강이 끝나는 곳, 루마니아의 술리나라는 흑해 근처의 마을을 보기 위해서였다.

아직 소비에트 연방이 붕괴될 조짐도 없었고 베를린 장벽은 두껍고 높게 가로놓여 있었으며 동유럽은 공산권이었고 국경 검문은 엄격했다.

서독에서 쭉 육로로 가는 여행이라서, 다뉴브강을 따라간다는 계획을 지키려면 유고슬라비아의 수도 베오그라드부터 포도밭 말고 아무것도 없다는 테키야라는 마을까지는 배로 가는 수밖에 없다.

다뉴브강을 따라 배로 내려가 테키야에서 하선한다. 테키야에서 버스로 클라도보라는 마을로 간다. 거기밖에 호텔이 없기 때문이다. 클라도보에서 하룻밤 묵고 또다시 버스로 네고틴이라는 곳에 간다. 그곳은 작은 마을이지만 유고슬라비아의 각 주요 지방으로 출발하는 버스 터미널이 있다. 거기서 불가리아의 비딘이라는 마을로 향한다. 비딘에서 다뉴브강과 다시 만난다. 비딘에서 자고 다음 날 이른 아침에 불가리아의 수도 소피아로 가는 열차를 탄다. 열차는 이른 아침과 저녁에만 운행한다.

문제는 일본에서 불가리아 입국 비자를 제때 발급받지 못한 경우인데, 동유럽을 잘 아는 사람 말에 따르면 국경 검문소에서 비자를 살 수 있다는 것 같다.

　나한테 여행 코스를 조언해준 사람은 그리 말했다. 그리고 불가리아 입국 비자는 시간에 대지 못했다. 하지만 스케줄을 바꿀 수는 없어서 나는 비행기를 타고 긴 동서 유럽 여행의 출발점이 될 프랑크푸르트로 향했다.

　나는 서른다섯 살이었고 외국 여행은 태어나서 처음이었다.

　독일 바이에른 지방의 목가적인 아름다움을 지닌 다뉴브. 빈의 살풍경하고 더러운 운하 같은 다뉴브. 헝가리의 수도 부다페스트에서는 옛 마자르 제국의 영화를 남몰래 품고 있는 다뉴브.

　이들을 내 눈으로 바라본 뒤, 유고슬라비아로 들어가 베오그라드에서 두 밤을 묵고 다뉴브강을 따라 내려가는 배를 탔다.

　30, 40분 지나자 왼쪽 기슭으로 높직한 언덕, 오른쪽 기슭으로 포도밭이 보이기 시작했다. 촌스러운 시골의 모습이지만 왼쪽 기슭의 언덕은 루마니아였으니 요컨대 그곳은 국경선이었다. 그래서 사진 촬영은 금지

였고, 강변을 순회하는 루마니아군 경비정에서는 병사 몇 명이 쌍안경으로 이쪽 배 안을 감시하고 있었다.

카메라는 가방에 넣으라고 선내 방송으로 주의를 받아, 앞으로 더더욱 긴장해야 하는 여행이 이어짐을 각오하지 않을 수 없었다. 1982년의 동유럽은 그런 시대였다.

그러나 포도밭이 이어지는 오른쪽 기슭으로 시선을 던지자 마침 수확이 한창이어서 마을 사람들이 말이 끄는 짐수레에 갓 딴 포도를 가득 싣고, 어른도 아이도 남자도 여자도 가로수길을 오가고 있다.

마을의 집들은 대부분 도나우강 근처에 서 있다. 강변에서 채소를 씻는 주부나 빨래를 하는 아가씨들이, 잘 아는 사이로 보이는 배의 선원들과 웃는 얼굴로 이야기를 나눈다.

선장도 기관사도 얼굴이 시뻘게져서 웃고 있기에 나는 테키야까지 동행하는 현지 통역에게 뭐가 그리 우스운지 물어봐달라고 부탁했다.

금색 구레나룻의 살집 좋은 기관사는 왼쪽 기슭의 루마니아령을 가리키며 설명해줬다.

이쪽을 감시하는 국경 경비병들이 쌍안경으로 보는 건 사실 배 안뿐만이 아니다. 유고슬라비아 쪽 마을에 사는 한창때의 아가씨들을 보고 있는 것이다.

저 너머의 선착장은 이 일대에서 가장 큰 마을에 있는데, 그곳에 이렌이라는 열아홉 살 아가씨가 산다. 빼어난 미인이고 어릴 때부터 발레를 배워서 스타일도 무척 좋다.

그 아가씨에게 지난주 루마니아에서 편지가 왔다. 2년 동안 건너편 기슭에서 국경 경비 임무를 맡았던 루마니아 병사가 보낸 러브레터다.

2년 동안 매일 아침 당신이 집에서 나와 버스 정류장으로 걸어가는 모습을 쌍안경으로 봐왔다. 그것만이 내 2년간의 전부였다. 나는 지금 병역을 마치고 부쿠레슈티에서 불도저 운전사로 일하고 있다.

자유롭게 루마니아와 유고슬라비아를 오갈 수 있게 되면 당신이 사는 마을을 찾아가고 싶으니, 만약 만나줄 마음이 있다면 이 편지를 강변에서 크게 흔들어달라. 내 친구가 쌍안경으로 봐주기로 했다.

편지를 본 이렌의 어머니는 펄펄 뛰며 화를 냈다. 건너편 기슭 루마니아 병사의 마음을 홀릴 만한 애교를 피운 게 아니냐고 딸을 추궁한 끝에, 자신이 그 편지를 들고 강변에 서서

"이 루마니아 멍청이! 두 번 다시 내 딸한테 접근하지

마.”

하고 큰 소리로 외치고는 분을 못 이겨 두 손을 휘둘렀다. 분명 건너편 기슭에서는 호의적인 대답으로 받아들였을 것이다.

기관사는 우스워서 견딜 수 없다는 표정으로 말하며 이렇게 덧붙였다.

“루마니아의 비밀경찰이 잘도 그런 편지를 검열에서 통과시켰지. 뭐, 루마니아와 유고슬라비아를 인간이 자유롭게 오갈 수 있는 날 따윈 오지 않을 테니까. 만약 그런 기적의 날이 오더라도 그땐 이렌도 할머니가 되어 있겠지.”

나는 200미터쯤 떨어진 건너편 기슭을 바라보며, 이렌은 누가 자신을 본다는 사실을 알고 있었던 게 아닐까 생각했다.

소련 붕괴와 동유럽 나라들의 민주화는 그로부터 3년도 채 걸리지 않았다.

이렌의 집이 있는 마을은 테키야였다. 나는 테키야의 선착장에서 내려 거기서 도보로 10분쯤 걸리는 버스정류장으로 가 클라도보행 버스 시간을 확인한 뒤

“이렌이여~.”

하며 선착장으로 돌아와 잔교棧橋에 앉았다.

여하튼 온 마을이 포도 수확으로 들끓고 있다. 포도밭에서 포도를 싣고 마을로 돌아오는 짐수레는 갓 짠 포도 주스를 흙길에 뿌리고 있는 것이나 마찬가지다. 더 이상 싣지 못할 만큼 짐수레에 실어서, 아래쪽 포도는 압축되어 즙이 짜내어지는 것과 같은 상황이다.

다뉴브강에는 작은 배가 떠 있다. 투망 낚시꾼들이 민물 새우와 잉어와 메기를 잡고 있다.

채소나 일용품 등을 강변 마을로 날라주는 엔진 달린 배는 도사보리강과 도지마강을 오르내리던 통통배와 다르지 않았다. 배에는 개와 고양이가 타고 있다.

강기슭 집들의 창에서는 배에 탄 사람들에게 말을 거는 주민의 목소리가 들린다. 놀다가 강에 빠질 뻔한 서너 살짜리 남자아이가 빨래를 하는 아주머니에게 가까스로 붙잡혀 혼나고 있다.

내가 그 그리운 풍경 속에 있었던 것은 고작 12, 13분 정도였지만, 긴 여행을 한 끝에 겨우 여기로 돌아왔다는 감상에 진심으로 젖어 있었다.

네 살부터 서른다섯 살 사이, 싫은 일도 괴로운 일도 슬픈 일도 기쁜 일도 잔뜩 있었고 나를 둘러싼 것도 크게 바뀌었지만 나는 아무것도 변하지 않았다. 도사보리강에서 출범하여 다뉴브 강가 테키야라는 마을의 선착장에서 담배를 한 대 피우고 있다……

나는 그때만큼 안녕한 마음으로 아버지의 말을 음미한 적이 없다.

―뭐가 어찌 되건 간에, 대단한 일은 없어.

이제 도나우강을 따라가는 3천 몇백 킬로미터에 걸친 동서 유럽 여행의 후속편을 쓰고 싶지만, 그런 짓을 하려면 원고지로 약 천 장이 필요하므로 내가 가장 잊지 못하는 사건을 딱 하나만 여기에 써두겠다.

　여행은 소비에트 연방이 절대로 가라앉지 않는 항공모함처럼 존재하고, 유럽은 동서로 갈라졌으며, 동쪽 나라들과 서쪽 나라들은 언제나 서로 으르렁대고, 사람들이 자유롭게 오가는 날이 오리라고는 생각지도 못하던 시대의 일이었다는 점을 염두에 두어주시기 바란다.

　마을의 최고 미녀 이렌의 모습을 보지 못한 채, 우리

는 유고슬라비아의 테키야라는 선착장 마을에서 버스를 타고 일단 클라도보라는 작은 마을로 향했다. 호텔이 그곳에만 있기 때문이다.

클라도보에서 묵은 날 밤에 일어난 일도 잊기 힘들지만, 그것을 쓰기에는 원고지가 스무 장 정도 부족하다.

통역 겸 가이드는 테키야에서 배를 타고 베오그라드로 돌아가버려서, 우리는 영어를 할 수 있는 사람은 아마도 없을 땅에 내팽개쳐진 것이나 마찬가지였다.

다음 날 아침, 네고틴으로 가기 위해 우리는 클라도보에서 버스를 탔다.

앞에서도 썼지만 분명 온 유럽이 포도 수확기여서 포도밭을 가진 가족 모두가 포도를 따는 데 몰두해 있는 시기였다. 그야말로 고양이 손이라도 빌리고 싶을 정도의 분주함이 버스에 탄 우리에게도 전해졌다.

어쨌거나 눈에 들어오는 것은 죄다 포도, 포도, 포도…….

저쪽을 봐도 이쪽을 봐도 포도밭과 수확한 포도와 그것을 가득 실은 짐수레와 말과 말을 부리는 마을 사람뿐이다.

그 광경은 테키야에서 출발하여 네고틴에 도착할 때까지 오래도록 이어졌다. 흙길은 짐수레에서 뚝뚝 떨어지는 포도즙으로 질척거린다. 컵으로 받아 마시고 싶을 정도로 향긋한 포도 주스의 내음이 풍경 전체를 뒤덮고 있다.

그런 풍경 속에서 이따금 수확의 기쁨과는 동떨어진 한 모퉁이가 등장했다. 채석장 같은 곳이었는데, 거기에 돌덩이가 널려 있다고 내가 착각한 이유는 네고틴에 도착해도 국경을 넘어 불가리아의 비딘이라는 다뉴브 강변 마을로 가는 버스가 있는지 없는지, 그보다 우선 입국 비자가 없는 일본인 여행자에게 국경 경비병이 입국을 허가해줄지 말지, 그 부분이 차츰 불안해지기 시작했기 때문이다.

입국 비자는 미국 달러로 살 수 있다는 정보가 진짜일지 아닐지는 가보지 않으면 모른다.

국경에서 쫓겨나면 어쩔 수 없다. 네고틴의 버스 터미널에서 수도 베오그라드로 돌아가 열차를 타고 불가리아의 소피아로 가면 그만이다. 일정은 하루나 이틀 지연될 수도 있지만, 나는 다뉴브강이 흑해로 흘러드는 루마니아의 땅끝 마을 술리나에 반드시 간다, 그것도 예정했던 날에.

그러려면 불가리아에서 머무는 날을 하루 줄여야 하고, 자칫하면 루마니아 일정도 어딘가에서 조정하는 처지가 된다.

뭐, 그건 그때의 일이지 하며 내가 걱정하기를 멈췄을 때, 평범한 돌로만 보이던 것이 명확한 묘지 비석의 모습으로 눈에 들어왔다.

한 묘지에는 서른 개 정도의 비석이 늘어서 있었다. 그 절반 정도에 묻힌 사람의 얼굴 사진이 들어 있고, 생년월일과 사망 연월일이 새겨져 있다.

테키야도 네고틴도 원래는 세르비아라는 독립 국가에 속해 있으니, 민족의 대부분은 세르비아 정교도일 터였다.

나는 세르비아 정교에 대해서는 전혀 지식이 없어서 묘비에 개인의 얼굴 사진을 넣는 것이 관습일지도 모른다고 생각하며 멍하니 그것들을 바라보고 있었다. 그러다 얼굴 사진이 있는 묘비 아래 묻힌 사람이 대부분 어리다는 것을 깨달았다.

세 살짜리 남자아이, 여섯 살짜리 여자아이, 열두 살짜리 남자아이, 열여섯 살, 열여덟 살, 스물한 살, 스물여섯 살……. 다들 어린 나이로 세상을 떠난 사람들이다.

그 사진들은 사망한 날과 가장 가까운 때 찍은 것으로 추측하는 편이 자연스러우리라고 나는 생각했다.

사진의 얼굴들은 모두 웃고 있었다. 수줍은 듯 미소 짓는 것, 웃어, 웃어, 하고 재촉당해서 억지로 입꼬리를 올리고 있는 것. 제각각이기는 했지만 다양한 미소가 묘비에 박혀 있었다.

나는 그때 서른다섯 살이었다. 테키야에서 네고틴으로 가는 낡아빠진 버스에 몸을 싣고 시골길을 천천히 나아가면서, 묘지가 나타날 때마다 오로지 비석에 들어 있는 어린 얼굴들을 바라봤다.

'안녕. 처음 만나네요.'

하고 어린아이부터 청년까지 모든 얼굴에게 마음속으로 인사를 건넸다.

이윽고 네고틴이 가까워지자 버스가 있을까 없을까, 혹은 국경을 무사히 통과할 수 있을까 없을까 하는 불안은 말끔히 사라지고, 최악의 사태에 처한다 해도 반드시 도와줄 사람이 나타나리라는 확신이 차올랐다. 어린 나이로 세상을 떠난 사람들의 웃는 얼굴 덕분이었는지도 모른다.

네고틴은 의외로 큰 마을이었다.

은행이 있고, 관청이 있고, 유고슬라비아 전 지역으로 갈 수 있는 버스 터미널이 있다.

우리는 터미널을 이리저리 오가며 버스를 기다리는

사람들에게 불가리아의 비딘으로 가려면 어떻게 하면 되느냐고 손짓 몸짓으로 물었다.

"불가리아, 비딘. 불가리아, 비딘."

소박한 생김새와 차림새의 사람들은 우리가 무엇을 하려 하는지는 이해했지만, 금세 가엾다는 듯 어깨를 움츠리고 어두운 표정을 지으며 고개를 가로젓더니 세르비아어로 쉴 새 없이 말한다.

쉴 새 없이 말하긴 해도 목소리는 크지 않고 어조도 부드럽다. 사람들은 수줍어하고 있는 것이다.

버스 터미널의 안내소에 갔던 A 씨가 돌아와 비딘행 버스는 없는 것 같다고 말했다. 한 시간 뒤에 베오그라드로 가는 마지막 버스가 떠난다. 그것을 타고 베오그라드로 돌아가는 수밖에 없다, 라고.

10월 하순이었지만 유고슬라비아의 세르비아에는 겨울이 다가와 있었다. 그러나 따스한 햇살이 터미널에 가득해서, 나는 의자 대신 내 캐리어에 앉아 볕을 쬐며 국경을 넘어 불가리아의 비딘까지 데려다주겠다는 사람이 나타나기를 기다렸다.

곧이어 수많은 사람들이 모여들었다. 이렇게 많은 사람들이 베오그라드로 가는 건가, 나는 생각했다. 그야 그렇지, 베오그라드는 일본으로 치면 도쿄 같은 곳이고 교통수단은 버스밖에 없으니까, 하고.

그러나 사람들은 버스를 타기 위해 터미널까지 온 것이 아니었다. 곤경에 처한 일본인들이 있다는 소리를 듣고 어떻게든 도와주자는 생각이 반, 이 마을에 처음으로 온 일본인이라는 것을 한번 보자는 구경꾼 심리가 반.

세르비아인은 참견을 잘하고 무슨 일이나 구경꾼으로 변해서 뭔데, 뭔데, 하며 모여든다는 말은 진짜였다.

첫 구경꾼 부대 중 하나가 세르비아어로 말을 건다. 언어는 모르지만 절묘한 호흡으로 뜻이 통한다.

"어떻게 된 거예요?"

"불가리아의 비딘에 가고 싶은데 버스가 없는 것 같아요."

"안내소에 물어봐줄게요."

"아뇨, 아뇨, 벌써 물어봤어요. 없는 버스를 내달라고 할 수는 없잖아요."

"내가 어떻게 좀 하라고 말해줄까요."

"아뇨, 아뇨, 그 마음만 받아두겠습니다. 정말 고맙습니다."

남자와 첫 번째 부대는 시끌벅적하게 서로 의논하더니 뭐, 어쩔 수 없네, 하며 돌아갔지만 곧바로 두 번째 부대가 어디에선가 몰려들었다.

갓난아기를 안은 채 두 살쯤 되는 어린애의 손을 끌고 온 여자도 있다. 못 걷는 노부인을 업고 온 사람도 있다.

태어나서 여태껏 한 번도 본 적 없는 일본인이라는 것을, 늙어서 몸져누운 어머니에게도 보여주고 싶어서 결연히 업고 2킬로미터 길을 걸어온 것이다.

그리고 또다시 아까와 거의 같은 대화가 오간 뒤, 안 됐다는 듯 다들 떠나간다.

그런 일이 한 시간 가까이 이어졌다.

베오그라드로 가는 마지막 버스가 출발한다는 것을 알리는 장내 방송이 들리고, A 씨와 다른 사람들은 그 자리에서 움직이려 하지 않는 나의 마음을 짐작할 수 없으니 서두르지 않으면 버스가 떠나버린다고 재촉했다.

"아니, 차로 비딘까지 데려다주겠다는 사람이 분명 나타날 거야. 나는 그때까지 여기서 기다릴래. 오늘 밤 안에 반드시 비딘에 가 보이겠어."

나의 말에 모두가 질렸다는 듯 얼굴을 마주 봤다.

"테루 씨, 농담하지 마. 버스가 떠나면 우리는 다시 한 번 테키야로 돌아가서 배를 타고 베오그라드로 돌아가는 수밖에 없어. 그 배도 있을지 없을지 모른다니까."

"아니, 반드시 도와줄 사람이 다가올 거야. 나한텐 확신이 있어."

"그 확신의 근거는 뭔데?"

"근거 같은 건 없지만……."

내 소설을 쓰기 위한 취재 여행이었기 때문에 A 씨도 다른 둘도 어쩔 수 없지, 미야모토가 그렇게 말하니까 좋을 대로 해주자, 하고 포기한 모양이었다. 베오그라드행 버스는 떠나버렸다.

벌써 오후 세 시가 넘었다. 세 번째 구경꾼 부대, 네 번째 구경꾼 부대가 다가왔다. 숫자는 배 이상 늘어 있다.

그 가운데 물이 든 비닐봉지를 무거운 듯 들고 있는, 볕에 그을리고 주름이 많은 노인이 있었다. 비닐봉지 속에서 커다란 물고기가 날뛰고 있다.

노인은 우리 앞으로 걸어와 이것을 사지 않겠느냐고 말하는 듯했다.

"뭐예요, 이건?"

봤더니 40센티미터는 됨직한 토실토실한 잉어였다. 살아 있다.

"이건 최고의 잉어라오. 싸게 해주겠소."

"우리는 이제부터 국경을 넘어서 불가리아의……."

"그건 안다오. 당신들 이야기는 이 근처 마을 사람 모두가 벌써 알고 있지. 오늘 밤 불가리아의 비딘에서 이 잉어를 잡숴보시오. 힘이 끓어오를 테니."

나는 기가 막혀서 노인과 잉어를 쳐다보다, 갑자기 우스워져 큰 소리로 웃었다.

불가리아행 버스가 없어서 곤경에 처한 여행자가, 산 잉어를 사서 비닐봉지를 들고 가리라고 진심으로 생각한다는 게 우스워서 견딜 수 없었던 것이다.

나는 단호하게 말했다.

"필요 없어요."

노인이 유감스러운 듯 돌아간 것과 동시에, 누군가가 뒤에서 내 어깨를 가볍게 두드렸다. 돌아보자 낡은 재킷을 입은, 30대 후반으로 보이는 밝은 밤색 머리카락의 남자가 서 있다. 처진 눈에 심약해 보이는 눈빛으로 차 핸들을 돌리는 흉내를 내며

"비딘."

이라고 작은 목소리로 속삭였다.

봐, 나타났잖아. 나는 그리 생각하며 수첩과 볼펜을 남자에게 건넸다.

남자는 잠시 생각한 뒤 200$라고 썼다.

너무 비싸다. 미화 200달러라면 이 마을에 사는 사람들의 반년치쯤 되는 수입이 아닌가. 나는 그 200이라는 글자를 지우고 150이라고 다시 썼다.

남자는 손으로 머리카락을 쥐어뜯으며 다시 생각에 잠기더니, 150이라는 글자를 지우고 200이라고 아까보다 크게 썼다. 단돈 한 푼도 깎아줄 수 없다는 의사를 드러낸 것이다.

"오케이. 하지만 돈은 비딘의 호텔에 도착한 뒤에 줄 거야."

남자는 승낙하더니 금세 어딘가로 사라졌다. 차를 가지러 간 것이 틀림없었다.

A 씨는 맹렬히 반대했다. 만약 저 남자가 가는 길에 동료를 심어뒀으면 어쩔 텐가. 금품을 빼앗기는 것만으로 끝나지 않을지도 모른다. 관두자. 그런 위험한 일은 할 수 없다, 하고.

A 씨의 의견은 합당했지만 나의 확신대로 나타난 남자다. 흉계를 품고 있다면 150달러로 깎은 나의 글씨를 지우고 200달러를 주장할 리 없다. 어차피 있는 돈을 모조리 빼앗을 작정이니 150달러로 합의했을 터다.

내 말에 A 씨는 세상을 만만하게 봐서는 안 된다며

더욱 반대했다.

주위로 몰려든 사람들에게 나는 아까의 남자는 어떤 이냐고 물었다. 중년 여성이 그는 소방대원이라고 말했고, 다른 남자가 부모와 남동생과 함께 산다고 말했다. 전부 손짓 발짓이지만 그렇게 설명해준 것 같다.

"신원은 확실하네."

내 말에 A 씨는 불안한 기색이기는 했지만 그 남자의 차에 타기로 결정했다.

30분쯤 기다리자 남자가 연갈색의 오래된 미국 차를 끌고 왔다.

"이 차, 제대로 움직이는 거야?"

"괜찮아, 걱정할 필요 없어. 자, 가자. 비딘까지는 멀어. 해가 떠 있는 동안에는 도착 못 해."

남자에게 재촉당해 우리는 차를 타고 구경꾼들에게 손을 흔들었다. 집으로 분명 돌아갔던 노인이 산 잉어가 든 비닐봉지를 머리 위로 치켜들며 안 살 거냐고 소리를 질렀다.

국경까지는 멀었다. 인가도 밭도 아무것도 없는 관목 투성이 들판을 40분 가까이 달렸던 것 같다. 그사이 차 한 대도 스쳐 지나가지 않았다.

국경 검문소에서는 말썽이 한바탕이 아니라 두바탕

쯤 일어났는데, 검문소 소장이 가장 엄격하게 심문하고 검사한 대상은 우리가 아니라 유고슬라비아인 남자였다.

분홍색 복어를 닮은 소장과 팽팽하게 문답을 주고받던 남자는 갑자기 차를 타고 원래 왔던 길을 되돌아갔다.

우리가 차가 사라진 길을 망연히 보고 있자 영어를 조금 하는 소장이 그를 통과시키기 위해 필요한 서류를 가지러 보냈다고 설명하며, 집에서 기르는 돼지가 어떻다느니 막내딸이 사귀는 남자가 어떻다느니 떠들기 시작했다.

한 시간 뒤에 남자가 돌아와 자신의 예금 잔고 증명서를 소장에게 제출하여 우리는 불가리아 영내로 겨우 들어갈 수 있었다.

"당신의 예금 잔고 증명서가 왜 필요하지?"

"글쎄, 모르겠네."

차는 상당한 속도로 울퉁불퉁한 밤길을 계속 달렸다. 비딘의 호텔 앞에 도착했을 때는 아홉 시가 넘어 있었다.

나는 약속한 200달러를 남자에게 건넸다. 남자는 100달러짜리 지폐 두 장을 손가락으로 어루만지기도 하고 불빛에 비추어 보기도 하며 꼼꼼하게 조사하더니, 위조지폐가 아니라고 확신한 다음에야 겨우 안도의 미소를 지었다.

불안에 떨었던 것은 남자 쪽이었다. 어딘가에서 차를 조달하고 위험한 다리를 건넜는데 위조지폐를 받아서야 수지가 안 맞는다. 돌아가는 길에는 다시 그 국경 검문소에서 소장의 검사를 받아야 한다.

어차피 이 녀석은 그 일본인에게 돈을 받았겠지. 불가리아에서 신고 없이 미국 달러를 가지고 나오는 것은 법률 위반이다. 분명 숨겨두었을 미국 달러를 찾아내 몰수해주마, 하며 만반의 준비로 기다릴 것이 분명하다.

"검문소에서는 잘 넘겨봐."

나의 일본어를 이해했을 리 없지만, 남자는 맡겨둬 하는 표정으로 고개를 끄덕이며 유턴해서 돌아갔다.

나는 지금도 네고틴에서의 아무런 근거도 없는 그 확신이 어디서 생겨났는지 생각해볼 때가 있다. 무모하다고 하면 실로 무모했고, 위험이 따르는 도박이기도 했다.

그러나 내게는 절대적인 확신이 있었다. 확신이라는 마음의 힘이 그 눈 처진 남자를 불러냈다고 생각한다.

눈에 보이지 않는 것을 확신함으로써 현실에 생겨나는
현상을, 나는 믿게 되었던 것이다.

상아석

내가 유치원에 들어간 무렵부터 초등학교 3학년이 될 때까지 우리 집에 자주 드나들었던 고라는 사람은 대만에서 일본으로 왔다고 했지만 캄보디아인이나 베트남인, 혹은 말레이시아나 싱가포르 사람 같은 용모에 여름에는 늘 황토색 레이스 셔츠를 입고 있었다.

성이 고高인지 황黃인지 나는 모른다.•

그 무렵 아버지는 오사카시 기타구 나카노시마 7가의 3층짜리 건물에서 중국집을 운영하고 있었다.

내 소설『흙탕물 강』의 무대가 된 장소로, 도사보리강과 도지마강이 만나 아지강으로 이름을 바꾸는 곳이다.

• 일본어로는 둘 다 '고こう'라고 발음한다.

같은 대만에서 일본으로 와 고베의 차이나타운에 있는 중국집에서 요리사로 일하던 셰謝라는 사람을 아버지에게 소개한 것도 고 씨다.

셰 씨는 큰 키에 과학실에 놓여 있는 해골 표본 같은 체격의 과묵한 사람이었는데, 일이 한가할 때면 늘 중국어로 된 소설을 읽고 있었다.

삽화를 보니 대만에서 인기 있는 호걸들을 주인공으로 한 책이라는 것은 짐작이 갔지만 내용은 전혀 알 수 없었다.

셰 씨 옆에 앉아 책을 들여다보며 여기서부터 여기까지 읽어달라고 부탁하면, 그는 이야기꾼의 억양으로 두 손을 태극권 하듯 움직이며 중국어로 소리 내어 읽어줬다.

경극 대사와 비슷했던 것 같지만, 그때의 나는 초등학교에 들어갈까 말까 했기에 기억이 뚜렷하지 않다.

셰 씨는 지금 생각하면 오사카의 서쪽 끝이라 해도 좋은 아지강 입구에 위치한, 거의 배달 전문인 조그만 중국집에서 요리사로 일할 요리인은 아니었다. 그 근방 중국집의 요리사와는 솜씨의 격이 달랐던 것이다. 일본어는 별로 잘하지 못했다.

고 씨의 소개로 고베 차이나타운의 일류 요릿집에서

아버지가 운영하는 평화루로 옮겨온 데는 뭔가 어지간한 사정이 있었을 터다.

가끔 셰 씨는 기분이 좋을 때 내게 중국식 쌀국수볶음을 만들어줬다. 전날 밤 남은 찜닭을 맛보여줄 때도 있었다.

나는 어른이 되어 오늘날까지 셰 씨가 만든 것보다 더 맛있는 찜닭과 쌀국수볶음을 먹은 적이 없다.

평화루가 있는 건물에는 1층과 3층을 잇는 계단이 두 군데 있었다. 서쪽 계단은 가게 전용이라서 나는 학교에서 돌아오면 동쪽 계단을 통해 3층의 주거 공간으로 올라간다. 그 동쪽 계단은 주방의 안쪽에 있어서, 셰 씨는 책을 읽을 때 늘 그곳에 앉는다.

초등학교 3학년 때 셰 씨가 읽는 책의 삽화를 봤더니 호걸끼리 서로 치고받는 장면이 그려져 있었다. 그래서 나는 뜻 모를 괴상한 소리를 지르며 셰 씨의 어깨를 손날로 가볍게 두들겼다. 인기 프로레슬러였던 역도산의 가라데춉을 흉내 내본 것이다.

그러자 셰 씨는 눈을 치뜨고 몸을 떨며 성을 냈다.

"왜 나를 때려! 왜 때려!"

화를 내는 모습이 심상치가 않아서, 나는 깜짝 놀란 나머지 사과의 말도 나오지 않아 그대로 계단을 뛰어

내려갔다. 그리고 그 뒤로 동쪽 계단을 쓰지 않게 되었다.

얼마나 말해야 알아듣겠니. 이쪽 계단은 애는 쓰면 안 돼. 그 가게의 애가 어슬렁거리면 가게 자체에서 살림 냄새가 풍기게 된단 말이야.

어머니에게 그렇게 혼이 나도 나는 주방을 거쳐야만 하는 동쪽 계단은 셰 씨가 있을 때면 절대로 쓰지 않았다. 내게는 농담 같은 장난이었지만 셰 씨를 그리 화나게 만들었다는 것에 놀랐고, 또 부끄러우면서 슬펐다.

사과하고 싶어도 사과하는 방법을 몰랐다.

조금 더 컸더라면 어떻게 사과하면 좋을지 스스로 생각했겠지만, 당시의 나는 좀 지나치게 어렸다.

그런 일이 있고 얼마쯤 지났을 때 고 씨가 찾아왔다. 아버지와 구면이라는 류劉 씨도 함께였다.

아버지는 전쟁 전에 중국과 동남아시아에 자동차 부품을 수출하는 회사를 경영했는데, 그 거점을 상하이에 두어서 5년 정도 그곳에서 산 적이 있는지라 중국에는 친구가 많았다. 전쟁이, 순조로웠던 사업의 모든 것을 아버지로부터 빼앗은 셈이다.

류 씨는 사오싱이라는 곳에서 홍콩으로 간 다음, 거기서 배를 타고 대만을 경유하여 일본에 왔다.

일본과 중국은 국교가 단절되어 있었지만 상인들은 저마다 어둠의 경로를 이용하여 오갔던 모양이다. 특히 화교라 불리는 사람들의 어둠의 경로는 당시에도 전 세계에 걸쳐 있었다는 것을 나는 훗날 알았다.

류 씨는 최고급 사오싱주* 120다스를 배에 싣고 왔다. 그것을 일본에서 팔아치우기 위한 중개를 고 씨에게 부탁한 모양이다. 한데 류 씨는 사오싱주 말고도 비밀의 물건을 숨겨 운반해 왔다. 옛 버마*의 동북부에서 생산하는 극상품 비취였다.

아직 문을 열기 전 중국집 구석에서 오즈모* 중계를 라디오로 들으며, 나는 류라는 중국인이 양복 안주머니에서 사슴 가죽 자루를 꺼내는 것을 봤다.

그때의 일을 선명하게 기억하고 있는 이유는, 아버지가 류 씨를 제지하며 자신은 보석에 대해 하나도 모르고 팔아치울 곳도 생각나지 않으니 보여줄 필요 없다고 강한 어조로 말했기 때문이다.

성가신 일에 휘말리고 싶지 않다는 마음이 아버지의

• 중국의 사오싱 지방에서 만드는 양조주.
• 미얀마의 전 이름.
• 일본 스모 협회에서 주관하는 프로 스모 선수의 대회.

말과 태도에 드러난 거겠지.

고 씨가 불러서 주방에서 셰 씨가 나왔다. 세 사람은 중국어로 이야기를 시작했다. 류 씨는 신문지로 감싼 사오싱주를 꺼냈다. 셰 씨가 맛을 봤다. 아버지는 아마도 그때 열 병 정도를 현금으로 샀던 것 같다. 류 씨는 어쨌든 조금이라도 일본 엔을 손에 넣고 싶었던 모양이다.

일단 의자에서 일어나 돌아가려다가, 류 씨는 사슴 가죽 자루에서 비취 열몇 개를 꺼냈다. 뭐, 한번 보기나 해달라는 표정이었다.

나는 그때 태어나서 처음으로 비취라는 보석을 보게 되었다. 그것도 여간해서는 시장에 나돌지 않는 최상급 비취를.

어머니도 테이블에 흩뿌린 듯 늘어놓여 있는 비취에 넋을 잃었다. 알만 있는 것이 일고여덟 개, 링에 결합시켜 반지로 만든 것이 대여섯 개였다고 기억한다.

부인, 어떠세요. 류 씨는 현금이 필요하니 싸게 부른 겁니다. 이 정도의 비취는 평생에 한 번 만날까 말까 한 겁니다.

고 씨가 그렇게 권했지만 어머니는 미소만 지을 뿐 고개를 연신 좌우로 흔들었다.

그때, 당시 이제 막 쉰 살이 된 고모가 찾아왔다. 아버지의 여동생이다.

어째서 그런 때 멀리 살아서 거의 찾아오지 않던 고모가 온 걸까. 그 점을 생각하면 나는 지금도 우스워진다.

고모는 어릴 때부터 아버지나 어머니 중 하나는 서양인이 틀림없다고 뒤에서 수군댈 정도로 이목구비가 뚜렷했고, 동네를 걸어도 사람들이 뒤돌아볼 정도의 미인이었다.

그래서 그런 것도 아니겠지만, 식비를 아껴서라도 입는 것이나 장신구에는 돈을 쓰는 성격이었다.

테이블 위에 아무렇게나 흩뿌려진 비취를 보고, 고모는 감탄을 터뜨리며 그중 반지를 자기 손가락에 끼웠다.

류 씨 눈에 넝쿨째 굴러든 호박으로 보였겠지. 아버지 입장에서는 류 씨의 면전에서 그만둬, 사지 마, 하고 말하지는 못했을 것이다.

가격 흥정이 시작되었고 고모는 알이 1.5센티미터쯤 되는 반지를 한 개 샀다. 얼마에 샀는지 나는 모른다. 부족한 돈은 아버지가 대신 치렀다 한다. 고모는 생명보험과 화장품 외판원으로 일하며 번 돈을 거의 다 써버렸다.

그로부터 두 달쯤 지나, 고모가 무언가에 홀린 듯한 표정으로 찾아와 아버지와 어머니에게 반지 낀 손가락을 쑥 내밀었다.

그 짙은 녹색 보석은 반투명한 흰색에 회색 줄무늬가 섞인 돌로 변해 있었다.

어젯밤까지는 비취였다. 그것이 아침에 일어나니 짙은 녹색은 홀연히 사라지고 이런 묘한 색깔의 돌멩이가 되어 있었다. 대체 무슨 일인가.

조금씩 녹색이 사라져간 것이 아니다. 하룻밤 만에 다른 색깔의 돌이 되었다. 여우에게 홀린 것 같다. 오빠, 이거 어떻게 할 거야. 잘도 이런 위조품을 사게 만들었네.

아버지는 허어, 하고 감탄사를 흘리며 창으로 들어오는 빛에 반지를 비추어 바라보더니, 내가 이걸 사라고 한마디라도 권했느냐고 말했다.

관두라는 눈빛으로 몇 번이나 너를 쳐다봤지만, 너는 이미 이 가짜 돌에 푹 빠져서 류가 부르는 값에서 100엔이라도 더 깎으려고 필사적이었다.

그나저나 대단한데. 그 비취가 하룻밤 만에 지저분한 석회 같은 돌멩이로 변할 줄이야……. 연금술이라는 게 있는데, 이건 그것과 차원이 다른 기술이다. 훌륭한

164

위조품이다. 이걸 비취로 바꾼 녀석은 천재다. 중국인, 무섭구나. 중국, 무서워.

아버지의 그 말에 온화한 성격의 고모가 쓰러지듯 의자에 앉더니 훌륭해? 뭐가 훌륭하단 거야, 모두 함께 나를 속여놓고 뭐가 훌륭하다는 거냐고 힘없이 말했다.

주방과 가게를 구분하는 벽에 작은 창문이 있었는데, 거기서 셰 씨가 나를 불렀다. 가라데촙을 날려서 혼난 뒤로 셰 씨가 나에게 말을 건 것은 처음이었다.

주방에 갔더니 셰 씨는 종이와 연필을 가져다달라고 내게 말했다. 그리고 내가 가져온 종이에 '상아석'이라고 쓰고는 이것을 고모에게 보여주라고 재촉했다.

"상아석? 묘안석*이라면 알아도 상아석은 들어본 적이 없는데."

고모는 셰 씨가 쓴 한자를 보자마자 말했다.

상아석은 비취보다도 희귀한 보석이며 비취 따위는 버마의 강을 파면 얼마든지 나온다고, 셰 씨는 주방의 작은 창에서 얼굴을 쑥 내밀며 말했다.

그 류라는 남자는 상아석의 가치를 몰라 일부러 희귀

---

* 고양이 눈 모양으로 가느다란 빛을 내는 보석.

한 보석에 쓸데없는 녹색 세공을 해서 손해를 봤다, 라고.

고모는 석연치 않은 얼굴로 돌아갔지만, 그 뒤로 언제 만나든 회색을 띤 반투명한 상아석 반지를 끼고 있었다.

다른 사람이 그건 무슨 보석이냐고 물으면 셰 씨에게 들은 말을 그대로 의기양양하게 반복했다.

고모는 여든두 살로 세상을 떠날 때도 상아석 반지를 끼고 있었다.

아버지는 훌륭한 위조품에 감격한 듯 그저 골똘히 바라봤던 날로부터 약 1년 뒤에 중국집을 접었고, 셰 씨는 고베의 차이나타운으로 일자리를 옮겼다. 나는 그 뒤로 한 번도 셰 씨를 만나지 못했다. 만약 아직 건재하다면 백 살은 족히 넘었겠지.

백과사전을 찾아봐도, 인터넷으로 검색해봐도 상아석이라는 것은 존재하지 않는다. 그때 세상에 존재하지 않는 보석을 순간적으로 만들어낸 셰 씨 역시 무서운 사람이었다.

나는 초등학교 4학년 열 살 때 아마가사키시 히가시나니와에 위치한 터널 연립주택이라 불리는 기묘한 공동주택에서 1년 동안 살았다.

국도 2호선의 히가시나니와 버스 정류장 북쪽에 원래는 마주보고 서 있던 목조 연립주택 위에, 주인이 또다시 긴 건물을 얹듯이 증축했다. 그래서 오목할 요凹 자를 엎어놓은 듯한 2층집이 생겨났다.

즉 한 건물 안에 30미터 정도의 길이 있고, 그 길은 국도와 뒷골목을 잇는 형태로 나 있었다.

그야말로 전형적인 불법 건물이었고 2층으로 올라가는 계단도 처음에는 하나밖에 없었다. 그 계단은 1층 한가운데의 공동 화장실 옆에 있었는데 해가 들지 않아서 낮에도 어두웠다.

그래서 2층 주민은 일단 터널 안을 걸어서 공동 화장실 옆으로 가야만 한다.

소방서 사람이 뻔질나게 찾아와 불이 나면 어쩔 거냐고 집주인을 연신 질책해서, 그때마다 터널 연립주택에는 외부 계단이 만들어졌다.

북동쪽, 남서쪽, 한가운데의 서쪽과 동쪽.

그렇게 언 발에 오줌 누기 식으로 철거 명령을 계속 피하다 보니, 터널 연립주택 전체가 미로처럼 변해버린 것이다.

A 씨 집의 벽장에는 구멍이 뚫려 있어서 B 씨네 벽장으로 들어갈 수 있다. C 씨네 벽장으로도 D 씨네 벽장으로도, 날림 공사로 만든 판자벽을 치우면 간단히 오갈 수 있다.

게다가 계단이 몇 개나 된다. 엉킨 끈 모양의 미로인 것이다.

내가 그런 터널 연립주택의 뒷골목 쪽에 있는 고모 집에서 산 것은 1957년부터 1958년 사이였고, 일본은 지금과는 또 다른 가난함 속에 있었다.

터널 연립주택은 당시의 일본을 상징하는 듯한 빈곤의 소굴이라 해도 좋았다.

몇 세대가 살고 있었는지 정확히는 기억나지 않지만 1층에 열두세 세대, 2층에도 비슷한 수의 주민이 있었던 것 같다.

도야마에서의 장사를 단념하고 오사카로 돌아온 아버지는 이미 그 무렵 예순 살이 되어 있었다. 새로운 장사를 시작할 자금도 없었고, 어머니는 오사카 도톤보리의 요리 주점에서 일하며 전기도 수도도 끊긴 도사보리강 연안의 유령의 집 같은 3층 건물에 살고 있었다.

어머니가 일을 마치고 돌아오는 시간은 밤 한 시 무렵이었으니 양초 불빛밖에 없는 건물에 열 살짜리 아이를 둘 수는 없다.

그래서 아버지와 어머니는 하는 수 없이 터널 연립주택의 고모에게 나를 맡겼던 것이다.

학교에서 돌아오면 노리의 집에 놀러 간다. 그 집 벽장의 판자벽을 치우고 나사 공장에서 일하는 C 씨의 집을 통해 복도로 나가, 불법 사채업자 류 씨의 집에서 전화 당번을 선다. 그런 다음 또다시 좁은 복도로 나가 하루 종일 재봉틀 페달을 밟고 있는 박 씨의 집에 놀러 가서

"애들은 밖에서 놀아."

하며 혼나고, 공동 화장실 옆의 계단을 내려가 마키의 집에 갔다가 전쟁으로 남편을 잃고 역 앞 카바레에서 일하는 노구치 씨네로 숨어들어 늘 혼자서 집을 보는 아케미와 논다. 아케미는 눈이 보이지 않는다. 그래서 내가 놀러 오는 것을 고대하고 있다.

그런 식으로 열 살의 나는 대체 얼마나 많은 인생을 터널 연립주택에서 봤을까.

마침 그 무렵 한국계 주민과 북한계 주민 사이에서 싸움이 시작되었다. 북한으로의 귀환 문제가 대두되고 있었는데, 열 살이었던 나는 형과 남동생이, 아버지와 딸과 아들이, 부부가 어째서 서로를 욕하고 마침내는 주먹질까지 시작하는지 알 수 없었다.

북으로 돌아가고 싶다는 아들과 일본에 있는 편이 오히려 낫다는 아버지는, 그 이야기가 나오면 일본어가 아니라 조국의 언어를 썼다.

나는 이 집에는 없는 편이 좋을 것 같아서 벽장으로 들어가 판자벽을 치우고 옆집에 간다.

어째서 벽장을 통과해 터널 연립주택의 끝으로 가는가.

2층 복도에서 늘 떠돌던 악취를 견딜 수 없었기 때문

이다. 과일이 썩은 듯한 냄새와 도랑창의 메탄가스 비슷한 냄새가 뒤섞인 악취는 어린 나에게 이 세상의 불행과 슬픔을 느끼게 했던 것 같다.

그 냄새를 맡으면 나는 아버지와 어머니가 보고 싶어져 견딜 수 없었고, 혼이 나도 좋고 밤길을 두 시간 걸어도 좋으니 도사보리 강변의 건물로 가고 싶어졌다.

하지만 그럴 수는 없다. 아버지와 어머니를 곤란하게 만들 뿐이고, 전등도 없는 유령의 집에 홀로 있는 것은 무섭다.

고모는 터널 연립주택의 뒷골목 쪽 집에서 오코노미야키와 막과자 가게를 하고 있었다. 밤이 되면 일을 끝마친 땀내 나는 남자들이 찾아와 부엌 안쪽에 있는 나의 3첩 방까지 점거해 찬술을 마시며 얄팍한 오코노미야키를 먹는 통에, 저녁부터 밤 열 시쯤까지는 내가 있을 곳이 없었다.

북한으로 돌아간다는 이들과 그에 반대하는 사람들의 싸움이 격렬해진 무렵, 2층 북동쪽 방에서 홀로 생활하던 노인이 죽었다.

발견자는 나였다. 죽은 지 이틀 정도 지나 있었다 한다.

근처 파출소의 젊은 경찰이 찾아와 안쪽에서 문이 잠

겨 있던데 너는 어떻게 할아버지의 사체를 발견했느냐
고 물었다.

경찰은 내가 옆집 벽장을 통해 노인의 집에 들어갔다
는 것을 알자

"그건 도둑이 하는 짓이잖아."
하고 고함쳤다.

"여기 사는 애들은 다 그렇게 놀아요."
라는 고모의 도움이 없었다면 나는 경찰서로 끌려갔을
지도 모른다.

"그런 짓을 해도 아무도 뭐라고 안 해? 뭐 이런 연립
주택이 다 있어. 여기저기에 계단을 붙여놔도 불이 나
면 2층 녀석들은 몽땅 타버린다고."

경찰은 그 뒤로도 이러니저러니 나와 고모를 매도하
고 돌아갔다.

"나도, 너도, 왜 혼나야 한담."

고모는 느긋한 어조로 말하고는 요시의 집에는 마음
대로 들어가지 말라고 작게 속삭였다.

죽은 노인의 옆집은 아직 젊은 어머니와 내 또래의
남매가 살고 있었다. 오빠인 요시와 나는 사이가 좋았
던 것이다.

그로부터 두 달쯤 지난 무렵, 1층의 국도와 가까운

집에 사는 중년 여자가 불량배 같은 남자에게 식칼로 찔렸다.

남자가 식칼을 들고 국도 쪽에서 와서, 여자의 집 문을 발로 차고 들어가더니 곧장 허리 언저리를 찌르는 모습을 마침 길을 지나던 나는 보고 있었다.

그 젊은 경찰이 나를 보자마자

"또 너냐."

라고 말했다.

"피가 푸슉 날았어."

나는 벌벌 떨면서 뭘 묻든 그렇게 계속 말했다.

"침착해라. 순서대로 떠올려봐."

그 경찰이 말해도 나의 떨림은 멈추지 않았다. 경찰은 여자 집의 벽장을 조사하더니

"판자벽을 접착제로 붙여둔 것뿐이잖아."

라고 기가 막힌다는 얼굴로 말했다. 경찰의 연락을 받고 온 아버지와 함께 나는 경찰서로 갔지만

"피가 푸슉 날았어."

라는 말밖에 할 수 없었다.

같은 질문만 거듭하는 경찰에게

"내 아들이 찌르기라도 했다는 거냐!"

하고 아버지는 화를 내며 내 손을 잡아끌고 경찰서를

나왔으나 경찰은 쫓아오지 않았다.

　찔린 여자는 중상이었지만 의식이 있었고, 남자도 자신이 찔렸다고 증언했으니 굳이 열 살짜리 소년의 진술이 필요하지는 않았을 것이다.

　그러나 그뿐만이 아니라, 현장에 왔을 때부터 경찰들도 터널 연립주택에서 일어난 일에는 별로 얽히고 싶지 않다는 표정이었다.

　'북의 괴뢰' '매국노들'이라고 쓰인 종이가 여기저기 붙어 있는 연립주택은 살기를 띠고 있었고, 경찰은 그 정치적 소동에 휘말리고 싶지 않았을 것이다.

　터널 연립주택에는 실로 다양한 사람들이 살고 있었다.

　리어카를 끌며 라멘을 파는, 애가 여럿 딸린 남자. 야시 밑에서 허드렛일을 하는 청년. 마을 공장에서 알루미늄 주전자만 만들어온 지 40년이 되었다는 노인. 2층에서 손님을 받는, 이름만 술집인 가게에서 일하는 여자. 한신 전철 아마가사키역 근처의 골목에서 점을 치는 자칭 '시인' 여자. 우체국 직원 형제. 광물 채굴업이라면서 불법 필로폰을 파는 중년 남자.

　손꼽아 헤아리며 그 사람들을 떠올려보면 각각의 집안에서 떠돌던 냄새까지 되살아난다.

아마도 나는 터널 연립주택에 맡겨진 고작 1년 사이에, 사람들에게는 타인이 짐작할 수 없는 '각자의 사정이 있다'는 것을 배우지 않았나 싶다.

전직 고등학교 교사였다는 중년 남자와 젊은 여자가 사는 집이 1층 공동 화장실의 대각선 맞은편에 있었다. 부녀지간이라고는 했지만 아무도 믿지 않았다.

학교에서 돌아와 국도 쪽에서 터널로 들어갔더니, 평소 이야기를 나눈 적도 없는 그 남자가 나를 불렀다. 남자는 어두운 4첩 반짜리 다다미방에 있었고 현관문은 열린 채였다.

남자는 이제부터 문을 잠그고 열쇠를 입구의 우편함에 넣어달라고 내게 부탁하더니 10엔짜리 동전을 다섯 개 줬다.

"왜 직접 못 잠가요?"

"힘들어서 말이다. 몸이 안 움직이거든."

"내가 밖에서 문을 잠그면 아저씨는 못 나가잖아요."

"괜찮아. 됐으니까 밖에서 문을 잠가줘."

여하튼 50엔이나 받았다. 나는 딱히 깊게 생각하지 않은 채 밖에 달린 자물쇠를 채우고 고모의 집으로 돌아갔다.

뒷골목 건너편은 원래 토목건축 사무소의 자재를 두

는 곳이었지만, 평소에는 자재 같은 건 놓여 있지 않은 공터여서 근처 아이들의 놀이터가 되기도 했다.

그곳 구석에 2층의 요시 남매가 있기에, 지금 어머니가 계셔서 집에 있으면 안 되나 보네 생각한 나는 두 사람한테 달려가 저녁까지 함께 놀았다.

그러던 중 우편함에 넣어야 할 열쇠를 잊고 말았다.

며칠 뒤 터널 연립주택의 주민이 전직 고등학교 교사의 집에서 역한 냄새가 난다고 소란을 피우기 시작했다. 불러도 대답이 없고 자물쇠가 잠겨 있어서 못 들어간다. 나는 열쇠에 대한 건 잊고 있었다.

이건 틀림없이 사체가 썩어 문드러지는 냄새라고 말하는 사람이 있어서, 그 이야기를 고모에게 전해 들은 나는 란도셀* 밑바닥에 있는 열쇠가 생각났다.

나는 자물쇠 열쇠를 들고 터널을 달려 문을 열려고 하는 주민에게 열쇠를 건넸다. 전직 고등학교 교사는 수면제를 대량으로 먹고 자살한 상태였다.

또다시 그 경찰이 와서 나를 파출소로 데려갔다.

"네가 가는 곳마다 사건이 있구나. 이번에는 나도 간단히는 물러나지 않을 테다."

* 일본의 초등학생이 메는 사각형 가방.

경찰이 말했다.

나중에 떠올릴 때마다 웃음이 터질 것 같았다. 무엇을 어떻게 물러나지 않겠다는 것인지 아무래도 모르겠고, 고모의 집으로 돌려보내달라며 울던 내가 그때 느낀 기댈 곳 없는 심정까지 우습다. 열 살이었던 나는 아무런 나쁜 짓을 하지 않았던 것이다.

다시 아버지가 와서 젊은 경찰과 말다툼을 벌였다.

"너는 이 연립주택을 어슬렁거리지 마라."

고모 집으로 돌아오자마자 아버지는 고함쳤다.

"너한테는 가는 곳마다 성가신 일을 만나는 운명 같은 것이 있는지도 몰라. 어른이 돼서도 어슬렁거리지 마. 곧장 집으로 돌아가는 거야."

아버지는 그렇게 말하고는 그날 중에 도사보리 강변의 전기도 수도도 끊긴 건물로 나를 데리고 돌아갔다. 나는 양초 불빛이 섬뜩하게 너울거리는 휑뎅그렁한 방에서 부모님과 살 수 있게 된 것이다.

어머니는 일하러 나가는 저녁이면 반드시 나에게 말했다.

"양초 불을 가지고 놀면 안 된다. 이 방이랑 화장실말고는 가면 안 되고, '내가 어슬렁거리면 변변한 일이 없다' 하고 마음 깊이 새겨두는 거야."

그 터널 연립주택 시절로부터 60년 가까이 흘렀지만 아버지와 어머니의 충고를 지키지 않고 어슬렁거리던 때가 있어서 확실히 변변한 일은 없었지, 하며 부끄러운 생각에 잠긴다.

세상에는 70억 명의 인간이 있다는데, 그렇다면 타인은 알 수 없는 '각자의 사정'이 70억 개 있다는 뜻이다.

터널 연립주택을 떠올릴 때마다 나는 왠지 숙연한 기분이 든다.

나는 1947년에 태어났다. 일본 대부분이 미군의 공습
으로 허허벌판이 되어 태평양전쟁에 무조건 항복한 지
2년 뒤에 태어난 것이다.

　내가 태어난 해 이전에 태어난 분들은 지금도 선명히
기억하겠지만, 각 거리와 마을마다 1년에 한 번이나 두
번, 엣추*도야마의 약장수들이 찾아왔다.

　전후에는 아무래도 버들고리에 철갑 각반, 짚신이라
는 고전적인 차림은 아니었다. 그들은 아이들에게는
종이풍선, 여자들에게는 작은 봉투에 든 바느질 세트
등을 나눠주고, 전에 준 것에서 쓴 분량만큼의 약값을

* 지금의 도야마현에 해당하는 옛 지방 이름.

걷은 다음 새로 약을 채워 넣고 돌아갔다.

이것은 '선용후리先用後利'라는 도야마 약장수 특유의 상법인데, 도야마번藩˙이 전국으로 행상망을 넓힐 때 정식으로 도입한 판매 시스템이다.

도야마번 10만 석石˙은 가가加賀˙ 100만 석의 지번支藩˙으로, 영지는 진즈강 동쪽에서 조간지강까지의 참으로 좁은 지역이었다. 지금은 그다지 대설로 고생하는 일이 없지만 에도 시대에는 눈이 많기로 이름난 지대였고, 도야마 7강이라 불리는 사나운 강의 범람으로 논밭이 괴멸되는 경우가 많았으며, 심지어 이렇다 할 산물도 없어서 번도 백성도 곤궁했다.

엔쿄˙ 2년(1745년)에 번주로 취임한 마에다 도시유키는 약관 17세였지만 번 사람들의 궁핍을 구제할 수단으로 명약 '반혼단'˙의 판매를 번 전체의 장사로 삼는 방법을 생각해낸다.

• 에도 시대 때 봉건 영주 다이묘가 지배했던 영역이자 그 지배 기구.
• 근세 일본에서 토지의 생산성을 표시하는 단위.
• 지금의 이시카와현 남부에 해당하는 옛 지방 이름.
• 하나의 번에서 갈리어 생긴 번.
• 일본 연호의 하나.
• 환약의 일종으로 복통과 상처 등에 효험이 있다고 한다.

다양한 설이 있으나 '엣추도야마의 약장수'가 전국을 상권으로 보고 움직이기 시작한 것은 이 무렵이다. 개인의 자질구레한 장사가 번 전체의 비즈니스로 변했다는 뜻에서다.

쌀 산지이기는 해도 벼농사에 적합한 땅 대부분을 가가번에 쥐어잡혀 있던 도야마는, 오미 상인이나 이세 상인·과는 또 다른 상법으로 살아갈 길을 개척해나갔던 셈이다.

분카분세이 시대·(1804~1830년)에는 2천 명의 행상인을 껴안은 일대 산업으로 발달했다. 에도 시대에 영업맨 2천 명이 전국을 망라했다는 것이 무엇을 뜻하는가. 도야마번 10만 석 전체가 매약업으로 꾸려지고 있었다 해도 틀리지 않을 것이다.

이윽고 덴포·연간(1830~1844년)으로 들어서자 큰 문제가 앞길을 가로막았다. 당약종唐藥種의 부족이다.

당약종이란 일본에서는 손에 넣을 수 없는 사향이나 녹용, 계피, 우황, 인삼 등으로 이들은 중국에서 수입하

· 오미는 지금의 시가현, 이세는 지금의 미에현으로 오미 상인, 이세 상인, 오사카 상인은 일본의 3대 상인으로 손꼽힌다.
· 분카와 분세이(둘 다 일본의 연호) 두 시대를 아울러 일컫는 말.
· 일본 연호의 하나.

고 있었다. 중국은 명나라를 거쳐 청나라가 되어 있었고, 교역품은 배에 실어 나가사키의 데지마로 운반했다. 대부분의 당약종은 오사카 도쇼마치의 약재 도매상들이 독점해서 팔았다.

도야마의 약장수들은 오사카의 약재 도매상에게 사들인 것만으로는 필요한 양을 조달할 수 없었다. 당약종이 부족해진 것이다. 전국 300개 번의 백성이 요청하는 약을 만들기가 어려워지면 도야마번 자체가 살아가지 못하게 된다. 어떻게 해서든 필요한 만큼 당약종을 손에 넣어야 한다.

마침 그 무렵, 규슈의 사쓰마번은 500만 냥의 빚을 짊어져 파탄 직전이었다. 77만 석의 거대한 번이라고는 해도 500만 냥이다. 파탄 직전이 아니라 이미 파탄이 나 있었다고 하는 편이 옳다.

사쓰마번은 그 타개책으로 청나라와의 밀무역에서 활로를 찾았다. 사쓰마번은 류큐* 왕국을 복속시키고 있어서, 류큐를 출입구 삼아 청나라의 푸저우나 광저우 등의 무역 상인과 연결되어 있었다.

그 청나라에서는 특히 내륙 지방 사람들 사이에 풍토

• 오키나와의 옛 이름.

병이 만연하여 국가적 문제로 발전해 있었다. 갑상선이 붓는 병인데 당시의 의학으로는 원인도 치료법도 몰랐다. 그저 다시마를 먹으면 낫는다는 것만은 밝혀져가고 있었다. 장대한 해안선을 가졌다고는 해도, 조수의 흐름이나 바닷물의 온도 등으로 인해 중국의 연안 지역에서는 다시마가 자라지 않았던 모양이다.

엣추도야마에는 해상 운송업자가 많았다. 많은 기타마에부네*를 가진 그들은 동해의 항로로 에조치*(홋카이도)에 가서 건해삼과 말린 청어, 말린 다시마를 실어와 그것을 아와지섬이나 조슈 또는 시코쿠의 각 번에 판다. 건해삼도 말린 청어도 식용이 아니다. 주로 유채나 목화의 비료에 반드시 들어가는 것이다. 유채는 씨를 짜서 등기름을 만들려면 꼭 필요한 식물이다.

여기서 삼자의 이해가 일치한다.

도야마의 해상 운송업자와 약재 도매상은 에조치에서 말린 다시마를 대량으로 사들여 기타마에부네에 싣고 사쓰마의 서쪽 바다로 은밀하게 운반한다. 앞바다에서 기다리던 사쓰마 측은 말린 다시마를 류큐의 배

• 에도 시대에서 메이지 시대에 걸쳐 동해의 해상 운송에서 활약한, 주로 북쪽 지방 운송선의 명칭.
• 홋카이도와 사할린에 살았던 종족인 아이누의 거주지를 일컫는 말.

로 옮겼다가 류큐의 항구에서 청나라로부터 온 물건과 교환한다.

물론 청나라의 배가 싣고 오는 것은 당약종뿐만이 아니다. 진사辰沙나 상어 가죽 같은 값비싼 물건도 섞여 있다.

진사는 광물인데 이것이 없으면 인주를 못 만든다. 칠기도 못 만든다. 불구佛具나 신구神具를 색칠할 때도 필요하다. 상어 가죽은 칼자루에 두른다. 무사가 칼싸움을 할 때 자루에 상어 가죽이 둘러져 있지 않으면 선지피로 미끈미끈해져서 칼을 쥘 수 없다. 그래서 칼싸움 따위는 사라진 태평한 세상이기는 했지만 상어 가죽을 자루에 두르지 않은 칼은 가치가 없었다.

에조치는 말린 다시마를 대량으로 팔 수 있다. 도야마의 매약업자는 귀중한 당약종을 안정적으로 손에 넣을 수 있다. 해상 운송업자는 진사나 상어 가죽이나 그 외의 외국 물건으로 한몫 잡는다. 사쓰마번은 말린 다시마를 팔아서 막대한 이익을 얻는다. 류큐는 수수료로 한밑천 챙긴다.

이리하여 고카° 4년(1847년)에 사쓰마번, 엣추도야마의 해상 운송업자와 매약업자, 청나라가 에조치의 마쓰마에번과 류큐 왕국까지 끌어들인 대大무역권을 만들어내는 밀약을 맺었다. 당연히 도야마번도 알고 있었다.

에도 막부는 쇄국을 국법으로 삼고 있었고 밀무역은 중죄라서 관여한 번이나 사람 모두 무거운 벌을 받는 시대였으니, 이 대무역권의 실행과 존속 자체가 그야말로 목숨을 건 일이었다는 사실을 알 수 있다. 그러나 동시에 도쿠가와 쇼군가의 위신이 덴포 개혁° 이후로 단번에 땅에 떨어져 있었던 것도 사실이다.

지도에서 에조치, 도야마, 사쓰마, 류큐, 중국을 선으로 이으면 얼마나 광대한 범위인지 알 수 있다.

페리가 이끄는 흑선이 우라가 앞바다에서 에도만°을 목표로 내항하여 공갈 외교로 에도 막부를 위협했던 가에이° 6년(1853년)의 고작 6년 전이다.°

막부 말기에 어째서 사쓰마번에 그만큼 윤택한 군비

• 일본의 연호 중 하나.
• 에도 시대 후반인 1830년부터 1843년 사이에 당시 위태로웠던 막부의 재정을 재건하기 위해 실시한 일련의 정책. 각 정책은 눈에 띄는 성과를 내지 못하고 실패로 끝났다.
• 현재의 도쿄만.
• 일본 연호의 하나.
• 그전까지 쇄국정책을 고수하던 일본은 페리의 무력 시위로 인해 미국과 통상조약을 맺었고, 이어 다른 나라들과도 유사한 조약을 맺음으로써 국제사회에 문호를 개방했다.

가 쌓여 있었는지도 이 고카 4년의 밀약으로 납득이 간다.

하지만 고카 4년의 단계에서는 도야마의 약장수도 자신들이 결과적으로 에도 막부 붕괴에 큰 역할을 하게 될 줄은 꿈에도 생각지 못했다. 사쓰마번도 그 시점에는 막부를 치기 위한 군자금을 얻으려고 청나라와 밀무역을 했을 리 없다. 다시마 무역은 다 죽어가는 번 재정을 되살리기 위한 궁여지책이었을 뿐이다.

그런데 말기의 에도 막부에는 대부분의 역사책이 서술하듯 완미하고 고루한 권위주의자들만 있었던 것은 아니다. 영리하고 비범한 막각•이나 막신•도 많았다. 그들은 일본이라는 섬나라가 세계 속에서 어떤 위치에 있는지를 지정학적으로도 정치학적으로도 속속들이 알고 있었다.

이미 몇십 년이나 전부터 나가사키의 데지마에 입항하는 네덜란드 상선이나 청나라 무역선 선장과 선원에게 러시아, 영국, 미국, 프러시아, 프랑스 등 서구 열강의 정세를 자세히 캐물어 거의 정확하게 분석하고 있었

• 막부의 최고 수뇌부.
• 막부의 신하.

던 것이다.

나가사키 부교쇼奉行所•의 통역관만 해도 대대로 그 직무를 맡아왔으니 고카 4년 무렵에는 네덜란드인에 뒤지지 않는 어학 능력을 지니고 있었다.

그러므로 아편전쟁에서 영국인이 얼마나 악랄한 책모를 구사하여 청나라를 침략했는지, 그로 인해 현재 청나라가 어떤 비참한 상황에 처했는지도 충분히 알고 있었다.

미국은 무슨 목적으로 일본의 앞바다, 주로 오가사와라 제도•에 출몰하는가. 러시아의 남하 정책은 우선 어디가 표적인가. 그 진짜 이유는 무엇인가. 네덜란드는 바다의 패권 다툼에서 왜 지고 있는가. 프랑스에서 일어난 혁명에서 왜 나폴레옹이 승리했는가.

에도 막신의 중추를 이루던 사람들은 그런 것들도 파악하고 있었다.

머지않아 서구 열강에게 일본이 포위되리라는 것도 예견하고 있었지만, 그러면 어떤 수를 써야 할지에 대해서는 의견이 모아지지 않았다. 결과적으로 팔짱을

• 행정과 치안을 담당하는 관리가 근무했던 곳.
• 도쿄에서 남쪽으로 약 1,000킬로미터 떨어진 30여 개의 섬. 제2차 세계대전 이후 미국이 통치했으나 1968년에 일본으로 반환되었다.

끼고 공리공론만 늘어놓았다며 막부를 무능하게 취급하는 역사가도 있으나 실은 그렇지 않았다. 일본을 어떤 나라로 만들어야 할지를 냉정하게 생각하는 우수한 막신들도 있었던 것이다.

그러나 후다이다이묘* 막각 중에는 그저 오랑캐는 쳐야 한다며 으르렁거리기만 하는 '바보 귀족'도 많다. 귀족은 어차피 귀족이라 번거로운 일은 전부 아랫사람에게 통째로 맡겨버린다. 그렇게 길러졌으니 어찌 보면 어쩔 수 없는 일이다.

"난 이제 귀찮아졌으니까 나머지는 네가 해."
하며 갑자기 내팽개치는 것이 귀족이라는 존재다.

하지만 조닌町人*, 특히 바다를 사업장 삼아 전국으로 상품을 팔러 다니는 해양 운송업자도, 60여 주州* 300번藩 지역의 산골 마을까지 방방곡곡 찾아가며 현지 사람들과 직접 접촉하는 엣추도야마의 약장수도 세간에 떠도는 말이나 소문의 밑바닥에 가라앉아 있는 진실을

---

* 도쿠가와 이에야스가 천하를 장악하기 전부터 대대로 도쿠가와 집안을 섬겨온 다이묘로 막부의 요직을 차지했다.
* 일본 근세의 사회 계층 중 하나로 도시에 사는 상인과 수공업자를 일컫는 말.
* 60여 개의 나라라는 뜻으로 일본 전국을 뜻함.

실감하고 있었다.

자신의 눈으로 보고 자신의 귀로 들은 것만큼 정확한 건 없다. 그들은 어쩌면 우수한 막신보다 훨씬 빨리 일본이라는 나라의 운명을 예견할 수밖에 없었을 것이다.

사쓰마번과의 밀약은 도야마의 매약업자와 해상 운송업자가 하나가 되어 실현한 목숨을 건 대사업이다. 일본의 바다와 육지에서 지금 어떤 물건이 얼마에 거래되고 있으며 그 시세가 어디서 어떻게 정해지는가 하는 근본에 이르면, 금은의 시세가 영국의 런던에서 움직인다는 것을 알게 된다. 비단의 국제가격이 프랑스 파리에서 정해진다는 것을 알게 된다. 사향이나 우황이나 인삼 가격이 베이징과 상하이의 시세를 쫓아간다는 것도 알게 된다. 고래 기름 가격이 미국 워싱턴의 시세로 매일 변동된다는 것도 알게 된다.

그들은 쇄국의 일본에서 상품의 움직임과 가격으로 세계를 보게 되었던 것이다.

당약종이 아무리 엣추도야마의 매약업에 꼭 필요한 것이었다 해도, 막부가 공인한 나가사키에 청나라 상선이 드나들고 있었으니 값은 좀 비싸더라도 정규 루트로 구입하면 된다. 쇄국정책하의 밀무역이라는 너무

나도 위험한 흔들다리를 건너지 않아도 당약종은 손에 넣을 수 있다.

그럼에도 여전히 엣추도야마의 약장수와 해상 운송 업자는 사쓰마번에 가담하여 류큐를 경유하는 밀수를 결단했다. 그저 당약종을 잔뜩 구하고 싶었던 것만은 아닐 터다.

에도 시대도 중기로 들어서자 상품경제가 해상 수송에 의해 크게 움직이게 되었다. 상인은 그 특유의 장사 재주와 감으로 세상의 움직임에 민감하게 대처할 수 있게 되었다. 그런 상인의 만만찮은 성장을, 에도 막부도 무가武家 사회도 알아차리지 못했을 뿐이다.

엣추도야마의 약장수들은 분명 당약종을 얻기 위해 대량의 말린 다시마를 기타마에부네에 싣고 에조치에서 사쓰마로 계속 운반했다. 그리고 그것이 에도 막부 붕괴와 메이지 태정관• 정부의 수립으로 이어지리라고는 생각지도 못했다.

그러나 더 앞날의 일은 생각했던 것이 아닐까 하고, 나는 다소 지나친 추리를 하고 만다.

일본은 조만간 반드시 개국해야 한다. 그것은 세계의

• 현재의 내각에 해당하는 메이지 전기의 최고 국가기관.

추세다. 그 움직임은 멈출 수 없다. 허나 그리되면 당약종뿐만 아니라 다른 모든 상품의 교역권도 막부가 쥘 것이다. 막부는 각각 어용상인을 써서 교역을 시키고 이익을 독점한다. 에도 막부가 존재하는 한, 교역 시스템이 그렇게 될 것은 불 보듯 뻔하다.

엣추도야마의 약도 막부가 전매할 가능성이 높다. 어용상인은 두셋 있으면 족하다. 다른 상인은 티끌 정도의 상품을 취급하게 해두면 된다…… 이것은 요즘 식으로 말하자면, 요컨대 정부와 몇몇 대형 상사의 유착이다.

해운업의 세계에서 예를 들자면, 아와지섬에서 태어나 훗날 분카 연간(1804~1818년)에 에조치의 구나시리 근처 바다에서 러시아 군선에 나포된 해상 운송업자 다카다야 가헤이는 역사상 최초의 러일 외교교섭을 해냈지만, 사실상 그가 개척한 하코다테항은 얼마 못 가 마쓰마에번이 점유하고 다카다야는 음모로 영락한다.

그와 비슷한 일이 일어난다면, 260년이나 이어진 막부의 정치 시스템이야말로 전 일본 해상 운송업자의 적이다.

그러므로 에도 막부가 시작된 이래 늘 막부의 가상적으로서 눈엣가시 취급을 받아온 시코쿠 최대의 웅번雄

藩, 사쓰마번과 손을 잡아두면 머지않아 생각지도 못한 열매가 떨어질지도 모른다.

도야마의 약장수와 해상 운송업자가 거기까지의 심모원려를 뱃속에 숨겨두고 있었을 가능성이 아예 없지는 않다.

그럴 작정으로 한 일은 아닌데도 그것이 머나먼 폭탄의 도화선에 불을 붙이는 결과를 낳았다. 우리의 인생에 무수히 일어나는 불가사의 중 하나인데, 엣추도야마의 약장수가 사쓰마로 다시마를 실어 나른 일도 그중 하나일 것이다. 간계를 숨긴 약간의 음모가 없지는 않았다 해도.

지금 나는 '파도 소리'라는 제목을 붙여 이런 일들을 역사소설로 써나가고 있다.

어린 시절의 사진은 매우 희귀하다. 1947년에 태어난 내가 초등학교 저학년이던 시절에는 카메라를 가지고 있는 사람이 근방에 한 명 있을까 말까였다.

초등학교에서는 신학기가 시작되는 날 학급 전체가 기념사진을 찍는데, 사진이라 하면 그 정도라서 우리 집의 오래된 앨범에는 그런 것밖에 남아 있지 않다.

카메라가 일반에 보급되기 시작한 것은 내가 초등학교 5, 6학년이 되던 무렵이었을 것이다.

그래서 기념사진 말고는 내 사진도 부모님 사진도 없다고 써야겠지만, 실은 딱 한 장 있다.

초등학교 3학년 여름에 무코강으로 헤엄치러 갔을 때 누가 찍어준 사진이다.

무코강은 단바의 사사야마시 근처를 원류로 해서 다카라즈카시 남쪽에서 오사카 평야의 북서부로 나와 남하하며, 하류 유역에서는 니시노미야시와 아마가사키시의 경계를 이루며 세토내해로 흘러든다. 내가 지금 조사한 자료에는 그렇게 쓰여 있다.

내가 초등학교 3학년일 때는 주변의 아이들 말고도 오사카시 북서쪽에 사는 애들까지 여름이면 한신 전철을 타고 무코강으로 놀러 갔다. 하구와 가까워서 물살이 느긋하고 헤엄쳐도 그리 위험하지 않으며 망둥이가 잘 잡히는 낚시터도 많았다.

나를 데려가준 사람은 집 근처에 사는 오타니라는 대학생이었다. 여름방학이었고, 우리 집은 중국집과 마작장을 하고 있어서 아들을 데리고 놀러 나가주는 사람이 있으면 감사의 표시로 용돈을 두둑이 준다. 오타니 씨는 그 돈을 목적으로 나를 불러낸 것이다.

그 전해에 나는 폐문 림프선이 부어서 내내 약을 먹고 있었고, 1년이 지났지만 운동은 금지였다. 학교 수영장에서도 '견학'만 해야 해서 모두가 수영 배우는 모습을 보고만 있었다.

어머니는 강물에 허리까지만 들어가라고 귀에 딱지가 앉도록 말하며 작년에 산 수영 팬티를 챙겨줬다. 아버지는 강물은 갑자기 깊어지고 날씨가 맑아도 붇는 경우가 있으니 조심하라고 버스 정류장까지 쫓아와 몇 번이나 말했다.

멀리서 적란운이 솟아오르고 있는 쾌청한 날이었다. 양쪽 강기슭의 하원河源에는 해수욕장이라도 이 정도는 아닐 만큼 사람들이 북적여서 옷 갈아입을 장소를 확보하는 데도 고생했다.

오타니 씨는 수영을 잘해서 내가 물살에 발만 담그고 있는 곳에서 꽤 위쪽까지 가더니, 내려오는 물살을 타고 자유형으로 건너편 기슭으로 헤엄쳐 갔다가 다시 물살을 타고 이쪽으로 돌아왔다. 강폭은 40, 50미터는 되었다. 그것은 아마추어로 보이지 않는 영법泳法이라서 내 주위에서는 탄성이 일었다.

30분가량 헤엄친 뒤 오타니 씨는 하원으로 돌아와 자신이 잘 봐줄 테니 수영을 좀 해보라고 내게 말했다. 그리고 가져온 가방 속에서 카메라를 꺼냈다. 여름이 시작될 무렵 고향인 시마네에 갔을 때 빌려온 형의 카메라라고 했다.

나는 카메라를 든 오타니 씨와 강에 들어가, 바위와 바위 사이의 안전한 장소에서 양쪽 손가락을 귀에 꽂아 넣고 잠수했다. 발을 뻗으면 얼굴은 수면으로 나온다. 그것을 몇 번쯤 반복하고 있을 때 오타니 씨는 카메라로 나를 찍었다. 나를 찍는 척하면서 예쁜 여자를 몰래 찍고 있다는 것을 알았다.

주위가 술렁거렸고, 강 한가운데쯤에서 비명이 들렸다.

강에서 한쪽 손이 솟아나오더니 금세 가라앉았고, 그 다음에는 조금 아래쪽에서 상체가 뒤로 젖혀지는 것이 보였다. 중학생 정도의 여자애라는 것은 알았지만 그 모습도 금방 사라졌다.

오타니 씨는 내게 카메라를 건네며 하원으로 올라가 있으라고 말한 뒤, 여자애가 빠져 있는 곳으로 온 힘을 다해 헤엄치기 시작했다.

구하려고 헤엄쳐 온 사람들은 여자애의 모습이 보인 곳에서만 물속으로 들어갔다가 떠올라 숨을 몰아쉬고 했는데, 오타니 씨만은 하류로 앞질러 가 몇 번이나 잠수했다.

하류에 있는 벌떼 같은 사람들도 그저 상황을 지켜볼 뿐이었다. 오타니 씨는 나중에

"고작 5분 정도야."

라고 말했으나 나한테는 아주 오랜 시간으로 느껴졌다.

근처에 있던 아주머니가

"이제 틀렸어. 저 멀리 아래쪽으로 떠내려가 버린 거야."

라고 했다.

오타니 씨의 모습도 없었다. 구하러 간 사람들도 포기하고 강의 바위에 걸터앉아 있었다. 하원의 떠들썩함도 사라져버렸다.

근처의 누군가가 울음을 터뜨렸을 때, 강 하류 한가운데쯤에서 "철썩" 하는 소리가 났다.

여자애를 안은 오타니 씨가 떠오른 것이다. 오타니 씨는 두세 번 발을 휘청거려 가라앉았지만, 의식을 잃은 여자애를 안고 하원으로 올라왔다. 그리고 그 애를 엎어서 몇 번이나 등을 누르고 뺨을 두드렸다.

그 시절에는 심폐소생술이 보급되지 않았으니 오타니 씨의 응급처치는 어떻게든 다시 숨을 쉬게 하려는 필사적인 행동이었을 것이다.

이제는 더 쓸 방법이 없다는 표정으로 누군가 구급차 좀 불러달라고 오타니 씨가 큰 소리로 외쳤을 때, 여자애는 상반신을 일으키더니 주위를 보고 울음을 터뜨렸다.

아직 좀 더 가만히 있으라는 오타니 씨를 매몰차게

뿌리치고, 콜록콜록 기침을 하고 흐느껴 울면서 오타니 씨를 미워 죽겠다는 듯 노려본 다음, 맨발로 하원을 걸어 제방으로 올라가 민가가 모여 있는 쪽으로 사라졌다.

"자기가 물에 빠져 죽을 뻔했다는 것도 잘 모르는 게지."

누군가가 말했다.

"구해준 사람한테 고맙다는 말 한마디 안 하다니."

"오빠가 물에 빠뜨려서 뭐 이상한 짓 하려 했다고 생각한 걸까?"

오타니 씨는 이런저런 말에 쓴웃음을 지으며

"부끄러웠겠지요."

라고만 대꾸하고는, 옷을 갈아입고 나를 재촉하여 한신 전철역으로 갔다.

사람이 물에 빠져 죽어가다가 입과 코로 물을 쏟아내며 되살아나는 모습을 처음부터 끝까지 보고 있던 나는, 놀라고 흥분하기는 했지만 말은 나오지 않았다. 전철 안에서도 집으로 가는 길에서도 한마디도 안 했던 것이 기억난다.

아홉 살 때의 기억에 정확성을 요구할 수는 없지만 거의 말을 하지 않았다는 근거는 있다.

평소와 다른 모습의 아들을 걱정하여 무코강에서 무슨 일이 있었냐고, 여름방학이 끝나고 얼마 지난 뒤에도 어머니가 계속 물어봤던 것이다.

초등학교 3학년 때 찍은 단 한 장의 사진은, 거무스름한 수영 팬티를 명치까지 끌어올리고 좌우 집게손가락을 양쪽 귀에 꽂은 채 강물 속에서 상체를 내놓은 순간의 것이다.

아홉 살 여름의 나는 과학실의 해골 표본처럼 비쩍 말랐고, 눈에 물이 들어와 얼굴을 찡그리고 있다. 한여름 오후의 태양은 뜨거워 보인다.

오타니 씨가 그 사진을 찍고 1분인가 2분 뒤, 여자애는 강 한가운데에서 깊은 곳에 발을 헛디뎠던가 하여 빠져 죽을 뻔했다. 오타니 씨가 없었다면 틀림없이 죽었을 것이다.

나는 사진을 볼 때마다 한순간의 전후라는 것을 생각한다. 사건이 일어날 조짐을, 한 장의 사진 어딘가에서 찾으려 하는 것이다.

아버지는 20대 초반 무렵에 첫 번째 결혼을 했다. 양가 부모가 인정했는데도 어째서인지 사랑의 도피를 하여 에히메현 미나미우와군 잇폰마쓰무라에서 오사카로 나왔다고 한다. 사랑의 도피라는 것을 한번 해보고 싶었던 모양이다.

상대는 열여덟 살이었고 이름은 쓰다 다카코라고 했다. 같은 미나미우와군의 미쇼초라는 마을에 살고 있었다. 미야모토가와 쓰다가는 오래전부터 절친했고 부모들끼리도 사이가 좋아서 언젠가 양가의 장남과 장녀를 부부로 맺어주자고 정했다 한다.

정식으로 결혼하려면 서로의 호적등본 등이 필요해서 아버지는 그것들을 보내달라는 편지를 썼다. 그 때문에 주소가 들통나서 다카코의 오빠가 오사카로 찾아왔다. 아무도 반대 따위 안 하니까 일단 미나미우와로 돌아와서 제대로 혼례를 올리고, 그런 다음 오사카 생활을 시작하면 되지 않느냐고 설득하기 위해서였다.

그러나 스물셋과 열여덟의 젊은 두 사람은 고향으로 돌아가지 않았다. 돌아가면 서로의 부모나 친척이 질책하며 둘을 갈라놓지 않을까 생각했기 때문이라고 한다.

"둘 다 한창 뜨겁잖아. 어쩔 수 없지, 마음대로 하게 해줘."

하는 상황이 되어 두 사람은 그대로 오사카에서 결혼했다. 다카코의 오빠가 증인이 되고 조촐한 자리를 마련하여 삼삼구도*의 잔을 주고받았다 한다.

그로부터 두 달쯤 지나 긴키 지방을 중심으로 유행성 감기가 맹위를 떨쳤다. 다카코도 병에 걸려 고열에 시달리다가 사흘 뒤 맥없이 죽고 말았다.

화장한 재는 다시 오사카에 온 다카코의 오빠가 미나미우와로 가져갔다.

---

* 결혼식에서 신랑과 신부가 하나의 잔으로 세 번씩, 세 개의 잔으로 도합 아홉 번 술을 마시는 것.

내 아버지는 망연자실한 상태로 열흘가량 셋집 방에 틀어박혀 홀로 지냈다.

"사랑의 도피 따위 하지 말고 난요*에 있었다면 나쁜 병에도 걸리지 않았을 거 아니냐."

다카코의 부모가 했다는 말이 끝이나 송곳처럼 가슴에 박혔고, 그것은 오래도록 사라지지 않았다. 지금도 사라지지 않고 있다. 아버지는 어린 내게 자주 그렇게 이야기했다.

그래서 한 번도 만난 적 없는 다카코라는 여성의 모습을, 나는 내 안에서 상상하여 만들어내고 말았다.

다카코의 오빠가 그 뒤 오사카부경*의 경찰이 되었다는 것은 초등학교에 올라가던 해에 알았다.

나는 오사카 시립 소네자키 초등학교에 들어갔는데 길 하나 건너편에 소네자키 경찰서가 있었다. 부모님에게 끌려 입학식에 간 나는 강당 뒤에서 아버지, 어머니와 웃는 얼굴로 이야기를 나누는 건장한 남자가 못 견디게 신경 쓰였다. 같은 신입생의 부모로는 보이지 않았던 것이다.

• 에히메현 남부의 통칭.
• 오사카부 경찰의 약칭. 부府는 행정 구획으로 일본에는 현재 교토부와 오사카부만 존재한다.

입학식을 마치고 강당에서 나오자 아버지는 남자를 소개해줬다.

"내 처남이다. 전 처남이라고 하는 편이 맞지만. 쓰다 아저씨야."

그렇게 들어도 그때는 쓰다 아저씨가 누구인지 곧바로 알아차리지 못했다.

"걱정 안 해도 돼. 내가 나중에 집까지 안전하게 데려다줄게."

쓰다 아저씨는 그렇게 말하고 내 손을 잡더니 소네자키 상점가 건너편의 경찰서로 들어갔다. 아무래도 난요 출신은 동향인과 이야기할 때면 몇십 년이나 오사카에서 살았어도 곧바로 고향 말이 나오는 모양이었다.

1953년 무렵의 소네자키 경찰서에는 3층인가 4층에 유·검도 도장이 있었다. 쓰다 아저씨는 유도 연습을 하던 경찰들에게 나를 대면시키더니 내 자식 같은 애니까 아무쪼록 잘 부탁한다고 말하고는 이 사람은 교통과의 T 씨, 이 사람은 소년과의 H 씨, 이 사람은 조사 2과의 Y 씨, 다들 오사카부경 제일의 유도 명수라고 소개해줬다.

"쓰다 아저씨는요?"

"나는 조사 3과였는데 지금은 유도부 사범 대리가 본

업 같은 거야."

그런 다음 쓰다 아저씨는 경찰서 현관을 지키는 젊은 경찰에게까지 나를 소개시켜줬다. 덕분에 나는 그 뒤 소네자키 경찰서에 자유롭게 드나들 수 있게 되어, 학교가 파하면 종종 란도셀을 등에 멘 채 유·검도 연습을 보러 가게 되었다.

"녀석, 빨리 집에 안 가면 어머니가 걱정하신다."
하고 검도 호면護面을 쓴 경찰에게 혼나서 깜짝 놀라면 그 사람은 조사 2과의 Y 씨거나 교통과의 T 씨일 때도 자주 있었다.

노상 도장에만 가 있으면 얼굴을 아는 경찰이나 형사가 지켜보는 것 같아서 마음이 불편했던 나는 건물 구석의 휴게실에 가게 되었다. 거기서는 야근을 마친 경찰들이 텔레비전을 보거나 장기판이나 바둑판을 둘러싸고 있었다. 가끔 연습 중간중간에 쓰다 아저씨도 와서 장기를 두고는 했다. 그럴 때는 근처 식당에서 단팥죽이나 빙수를 배달시켜줬다.

나는 그 무렵 집 근처에 사는 형에게 장기를 배워 겨우 말을 움직이는 방법이나 규칙을 외운 참이었다. 그래서 어른인데도 너무나 서툰 수를 두는 경찰을 보고 옆에서 웃기도 하고, 이거다 저거다 말참견도 해가며 놀았다.

아저씨는 난요의 고등학교를 졸업하고 내 아버지의 권유로 오사카부경에 취직했다. 다카코가 죽은 뒤에도 아버지와 쓰다 아저씨의 교우 관계는 이어졌던 것이다. 아저씨는 나이가 위인 아버지를 '형님'이라고 불렀다. 쓰다 아주머니도 난요 사람이었다. 부부에게는 자식이 없었다.

오사카의 데즈카야마라는 한적한 주택가에 집이 있었는데, 쓰다 부부는 토요일이면 둘 중 하나가 나를 데리러 왔다. 내가 묵으러 오는 날을 고대했던 것이다.

어머니는 잠옷과 갈아입을 옷을 보자기에 싸서 내게 들린 뒤, 십자매 알을 깨지 말라든가 편식하지 말고 나온 것은 뭐든 맛있다고 말하고 먹으라든가 일러주며 나를 보냈다.

데즈카야마의 집은 단층 목조가옥보다 구석구석 잘 손질된 정원이 더 넓었고, 굵은 나무에는 잎이 무성하게 돋아 있었다. 툇마루에서 정원 안쪽으로 이어지는 징검돌은 모양 좋게 S자를 그리고 있어서 왠지 깊은 숲으로 들어가는 입구처럼 보였다.

쓰다가에는 부모로부터 물려받은 귤 산이 고향에 있었는데, 그것을 귤 농가에 빌려줘서 경찰 월급 말고도 수입이 있었다고 한다.

이미 경찰을 정년퇴직했지만 유·검도 사범 대리로 재취직해서 매일 출근할 필요는 없었다.

아마도 내가 초등학교 3학년 여름방학 때였을 것이다. 쓰다가에서 다섯 밤 묵은 적이 있다.

넓이에 비해 수목이 많은 정원은 어스레하고 매미가 무수했다. 툇마루에 앉은 내게로 매미 울음소리가 소용돌이치듯 다가오던 오후에, 나란히 앉아 있던 쓰다 아저씨가 온화한 미소를 지으며 말했다.

—나한테는 마음씨 곱고 귀여운 여동생이 있었는데 열여덟 살 때 죽어버렸다. 만약 그 애가 살아 있었다면 너는 태어나지 않았을 거다. 반대로 생각하면, 그 애가 죽었기 때문에 네가 태어날 수 있었던 거지. 이상한 일 아니냐. 이 집 툇마루에서 너와 장기를 두고 있으면 이상하군, 이상해, 이 세상은 이상해, 하는 생각이 든다. 너와 나는 피로 이어지지는 않았지만 더 깊은 것으로 이어져 있는 기분이 든다. 작고 비쩍 마른 네가 귀여워서 견딜 수 없다.—

나는 아아, 다카코라는 사람 이야기구나 싶었지만 잠자코 있었다. 다카코라는 여자에 대해 아버지에게 들어서 알고 있다고 말하지 않는 편이 좋을 것 같았기 때문이다. 어째서 그리 생각했는지는 지금도 잘 설명할 수 없다.

쓰다 아저씨와는 데즈카야마의 집 툇마루에서 자주 장기를 뒀다. 겨울에도 묵는 일정으로 놀러 갔지만, 내 기억에 장기는 언제나 툇마루의 무시무시한 매미 소리 속에서 뒀던 광경뿐이다.

나는 쓰다 아저씨에게 한 번도 이긴 적이 없었다. 이기니 마니 할 처지가 아니었다. 고작 세 수 만에 순식간에 궁지로 몰린 적도 있다. 차, 포, 마, 상을 다 떼면 겨우 호각세가 되지만, 그것은 아저씨가 적당히 봐주고 있을 뿐이라서 마음만 먹으면 즉시 벼랑 끝으로 몰린다.

그래도 나는 한 번 더, 한 번 더 하며 계속 덤볐으나 이제 절대로 이길 수 없다는 것을 깨달은 뒤로는 아무리 아저씨가 꾀어도 장기판 앞에 앉지 않게 되었고, 부부가 기르던 십자매 새장 열몇 개를 정원에 늘어놓고 일광욕을 시키는 데 몰두했다.

어느 새장 안에서는 각각의 부부가 알을 품고 있었다. 새끼 새가 껍데기를 깨고 나오는 모습을 한밤중까지 계속 바라보았던 적이 몇 번이나 있다.

어스레한 정원, 물을 뿌려서 늘 젖어 있는 징검돌, 동굴 안에서 메아리치는 듯한 매미 소리, 도토리를 닮은 하얀 십자매 알, 몸속까지 비쳐 보이는 갓 태어난 새끼 새…….

그런 쓰다가 사물들과의 헤어짐은 갑자기 찾아왔다. 우리 가족이 도야마로 이사를 가야 하는 상황에 처했기 때문이다.

몇 년 뒤, 고향으로 돌아갔던 쓰다 아저씨의 죽음을 알리는 편지가 왔지만 아버지는 계속된 사업 실패로 장례식에 가지 못했다. 난요의 미쇼초로 가는 교통비도 만만치 않았던 것이다.

어머니가 가벼운 뇌경색으로 누워 지내게 된 해에 쓰다 아주머니로부터 편지가 왔다. 나는 마흔네 살이 되어 있었다.

편지는 미쇼초의 귤 산 상속에 관한 것이었는데, 나에게도 몇 분의 일 정도의 상속권이 있다고 쓰여 있었다.

아버지는 내가 대학생일 때 죽었지만 아버지와 쓰다가의 장녀는 이혼이 아니라 사별한 것이니 내게도 상속권이 있다고 한다.

나는 당시의 상속에 관한 법률을 잘 모르지만, 쓰다 아주머니는 쓰다가 대대로 이어져 내려온 귤 산을 팔아서 그 돈을 자신의 얼마 남지 않은 노후의 생활비로 충당하고 싶다고 썼다. 요컨대 나의 상속권을 포기해주지 않겠냐는 의뢰였다.

나는 곧장 함께 들어 있던 서류에 서명 날인하여 보냈다. 법률이야 어떻든 간에 나한테 쓰다가의 귤 산을 판 돈을 받을 권리 같은 건 없다.

그 쓰다 아주머니도 돌아가시고 2, 3년이 지난 무렵, 나는 아버지의 고향을 찾아가 예전에는 쓰다가의 소유였던 귤 산에 올랐다. 이렇게 큰 산이었나 놀라며 진주 양식용 뗏목이 가지런히 떠 있는 아름다운 미쇼만을 내려다보고 있을 때, 그 소네자키 경찰서에서 쓰다 아저씨가 후배 경찰들에게 어린 나를 소개하던 순간의 말이 문득 되살아났다.

"내 자식 같은 애니까 아무쪼록 잘 부탁한다."

그것과 겹치듯이 툇마루에서 아저씨가 했던 말도 가슴에 북받쳤다. 쓰다 아저씨의 말 속에는 천만 마디를 써도 표현하지 못할 마음이 담겨 있었다는 것을 가까스로 깨달았다.

난요의 햇빛을 받고 빙빙 도는 갈매기를 눈 아래로 바라보며, 나는 생명이란 얼마나 이상한 것인가 생각했다. 생명보다 이상한 것이 달리 있을까, 하고.

나는 어느 시기부터 에세이 쓰는 것을 중단했다. 친한 편집자의 열성적인 의뢰라도 싹싹 빌며 사양해왔다. 소설에 전념하고 싶었기 때문이다.

그런데 지금으로부터 7년 전인 2007년 봄에 교토의 유명 요릿집 '고다이지 와쿠덴'의 여주인 구와무라 아야 씨와 식사할 때, 그가 와쿠덴에서 에세이 잡지를 내는 것이 꿈이었다며 과감히 그 꿈을 실현하기로 했다고 내게 털어놓았다.

1년에 두 번 발행하고 책의 만듦새도 호사스럽게 할 것이며, 각계 인사로부터 글을 받아 와쿠덴을 아끼는 손님에게 무료로 나눠줄 거란다.

"관두는 편이 좋을 것 같은데. 기껏 오래가봤자 3호

야. 3호로 폐간."

나는 이렇게 말했다. 어쩐지 내게도 불똥이 튈 듯한 꺼림칙한 예감이 들었기 때문이다. 나한테도 쓰라고 하겠지, 하는.

하지만 구와무라 아야 씨는 한다고 결정하면 뒤로 물러서지 않는 사람이라는 것도 알고 있었다.

1년에 고작 두 번. 마음대로 자유롭게 써주면 된다. 매수는 다섯 장이든 스무 장이든 펜이 가는 대로 맡기고 제한은 없다. 단, 이 에세이 잡지가 계속 나오는 한 연재를 이어나가달라.

구와무라 씨의 말에 나는 뭐? 하고 놀란 소리를 냈다. 한 번만 내는 게 아니었나, 하고.

어쨌거나 "응"이라고 대답하지 않으면 한 달이든 두 달이든 매일같이 전화해서 미야모토 테루의 일을 훼방 놓을 거란다.

나는 그만 난처해져서, 어차피 3호 정도로 폐간될 테니 여기서는 "응"이라고 대답해두고 적당한 시기에 달아나자고 생각했다.

구와무라 씨의 꿈이었던 《소유桑愈》라는 에세이 잡지의 창간호는 2007년 11월에 나왔다.

3호가 나와도 4호가 나와도 폐간될 기미는 없다. 손

님들은 즐겁게 기다리고 있고《소유》에 대한 평가도 좋아서 이대로 계속 낼 수 있을 것 같다며 구와무라 씨는 기쁜 기색이었다.

나로서는 오산이었다. 하지만《소유》에 글을 씀으로써 에세이의 깊은 맛을 새삼 배웠고, 나는 7년 동안 연재를 계속해왔다.

분명 나와 마찬가지로 와쿠덴 여주인의 강요로 의뢰를 수락할 수밖에 없었을 가토 기요노부 선생의 삽화를 보는 것도 어느새 큰 즐거움이 되어 있었다.

《소유》를 본 슈에이샤* 무라타 도시에 씨의 강한 권유로 이『생의 실루엣』은 단행본으로 나오게 되었다. 창간호부터 쓴 열네 편이 실려 있다.

이 단행본을 만들어주신 슈에이샤 문예편집부의 다니구치 아이 씨께도 진심으로 감사의 뜻을 표한다.

아, 그리고 에세이를 쓰는 즐거움을 느끼게 해준 구와무라 아야 씨께도.

2014년 10월
미야모토 테루

• 이 책의 원서 출판사.

3년 전에 낸 단행본『생의 실루엣』은 교토의 요릿집 '고다이지 와쿠덴'에서 1년에 두 번씩 10년에 걸쳐 발행해 온 《소유》라는 잡지에 연재한 글을 한 권으로 묶은 책이다.

단행본 후기에서는 언급하지 않았지만, 와쿠덴의 여주인 구와무라 아야 씨는 《소유》라는 호사스러운 만듦새의 에세이 잡지를 10년 동안 계속 낸다는 각오로 시작했다.

10년 이어가면 일단 거기서 단락을 짓고, 만약 새로운 전개가 떠오르면 다른 형태로 복간하자고 생각했다 한다.

그러나 나의 에세이를 단행본으로 내자는 강한 요청

이 있어서, 《소유》가 아직 발행 8년째일 때 한 권으로 묶어 출판했다.

그 뒤로도 얼추 3년 가까이 연재는 이어졌다. 《소유》는 올해 봄 목표했던 10년을 맞이하여 당초 예정대로 일단 종간하게 되었다.

즉 《소유》의 종간까지 연재를 이어온 나의 에세이는, 다섯 편이 단행본에 실리지 않은 채 남게 된 셈이다. 그래서 이번 문고화 때 그 다섯 편을 수록하여 10년 동안의 연재 에세이 전부를 독자분들께 보여드리고 싶다고 생각했다.

《소유》에 싣는 에세이는 연재를 수락할 때 '소설로 쓰면 지나치게 소설 같아지는' 추억이나 경험 등의 소재를 쓰자고 마음먹었다. 무엇을 어떻게 쓰든 자유라는 구와무라 아야 씨의 말에 기대어, 이 이상 쓰면 창작의 영역이다 싶은 아슬아슬한 분수령 언저리를 서성이며 에세이라는 장르를 뛰어넘겠다는 계획을 관철할 수 있었다.

뛰어넘었는지 못 뛰어넘었는지 나로서는 알 수 없지만, '생명의 모습'*이 천변만화하는 단편斷片은 각 에세

• 이 책의 원제.

이 속에 숨겨둘 수 있지 않았나 자부한다.

인간도 식물도 곤충도 모두 생명이며, 돌멩이 하나조차 생명으로 보일 수 있다.

바람에서도 대기에서도 비에서도 구름에서도 생명의 모습을 느낀다. 생명보다 더 이상한 것은 없다.

《소유》에 10년 동안 연재했던 에세이를 다시 읽고, 나는 새롭게 '생명'을 응시하려 하고 있다.

이 『생의 실루엣 완전판』 문고화 작업에는 슈에이샤 문고 편집부의 가이조지 미카 씨께 신세를 졌다. 깊은 감사를 표한다.

2017년 8월
미야모토 테루

옮
긴
이
의
말

이 책의 번역 의뢰를 받고 돌아오던 날을 기억한다. 출판사 미팅을 마친 뒤 문고본 사이즈의 원서를 들고 도산공원 벤치에 앉아서 한참을 홀로 멍하게 있었다. 눈앞에서는 할아버지 할머니 들이 나무 그늘 아래 돗자리를 펴고 바람개비 같은 것을 팔고 있었다. 팔짱을 낀 젊은 연인들, 산책 나온 개와 견주, 사원증을 목에 건 회사원, 토익 책을 든 학생이 차례로 나의 시야에 들어왔다가 사라졌다.

　나는 그들을 바라보며, 흥분을 가라앉히고 내게 일어난 일을 실감해보려 애썼다. 저기 지나가는 사람들이 진짜이듯 내가 이 책을 의뢰받은 것도 진짜야. 봐, 책의 무게와 촉감이 느껴지잖아. 이건 꿈이 아니야. 하지만 나를 둘러싼 초여름의 녹음마저 비현실적으로 느껴지는 감각은 쉽게 제자리로 돌아오지 않았다. 그러니까 내가 미야모토 테루의 문장을 번역한단 말이지.

미야모토 테루는 무라카미 하루키나 히가시노 게이고처럼 책이 나오자마자 한국에서도 베스트셀러가 되는 작가는 아니지만, 그의 소설을 조용히 아껴온 팬들이 국내에도 적지 않다. 나 역시 담백한 문체로 일상의 파문을 섬세하게 묘사하는 그의 작품에 각별한 애정을 품고 있었다. 그러므로 그의 책이 내게 온 것은 나에게 더없는 행운이었던 셈이다.

미야모토 테루는 1947년에 고베에서 태어났다. 아버지는 그를 끔찍이 사랑했지만 잇따른 사업 실패와 여자 문제 등으로 어머니와 다툼이 끊이지 않았다. 이에 알코올 의존증이 된 어머니의 자살 미수 사건까지 더해져 테루는 현실로부터 도피하기 위해 벽장 속에서 독서에 탐닉하기 시작했다.

테루가 스물두 살 때 아버지는 내연녀의 집에서 지내다 뇌경색으로 쓰러져 반신불수가 되었고, 결국 자물쇠 달린 정신병원에서 생을 마감했다. 그 후 테루는 아버지가 남긴 막대한 빚 때문에 어머니와 함께 도피 생활을 해야 했다. 이 시기에는 대학생이었음에도 불구하고 술과 도박으로 날을 지새우다 출석일수와 학점이 부족하여 겨우 학교를 졸업했다. 졸업 후에는 산케이 광고사에서 카피라이터로 일했는데, 이때 경마에 빠져서 고리대금업자에게 돈을 빌리기도 했다.

스물다섯이 되던 해 같은 대학을 다녔던 오야마 다에코와 결혼했고, 이 책에 나와 있는 대로 그해 5월부터 중증의 신경불안 증세를 보였다. 전철을 탈 수 없어서 회사를 그만두고 소설 쓰기에 매진한 테루는 1977년에 『흙탕물 강』으로 다자이 오사무상을 받으며 데뷔했으며, 이듬해 『반딧불 강』으로 아쿠타가와상까지 거머쥐었다. 폐결핵에 걸려 펜을 잠시 놓았던 시기도 있었지만 복귀한 뒤로는 왕성한 작품 활동을 이어가고 있다.

이 책은 한국에서 처음 출간되는 테루의 에세이집이다. 초기의 '강 3부작'(『흙탕물 강』, 『반딧불 강』, 『도톤보리강』)에서 묘사된 강변 풍경의 원형을 엿볼 수 있는 유년기의 에피소드와 공황장애와 폐결핵으로 고생했던 젊은 시절의 일화 등이 실려 있으니 테루의 팬이라면 놓쳐서는 안 될 작품이다.

소박하고 서정적인 그의 소설과 마찬가지로 이 에세이집에도 대단한 사건이나 요란한 인물은 등장하지 않는다. 테루는 평범한 사람들이라면 기억에 담아두지 않을 법한 사소한 일을 작가의 눈으로 예리하게 포착하여 한 편의 수필로 완성시키고, 모든 글을 놀랍게 아름다운 문장 혹은 문단으로 마무리한다. 그 노련한 솜씨에 감탄하며 일본어로 이루어진 세계를 우리말의 세계로 재구축해나가는 과정은 실로 즐거웠다. 테루의 문장을 읽고 또 읽으며 보냈던 지난겨울을 나는 아주 행복하게 기억할 것 같다.

테루는 비를 피하려고 들어간 서점에서 본 문예지의 소설이 너무도 재미없었던 나머지 '나라면 백배는 더 재밌는 소설을 하룻밤 만에 쓸 수 있다'고 생각했고, 그 순간 소설가가 되기로 결심했다고 썼다('어느 유명 작가의 단편소설이 너무 재밌어서 작가의 길을 걷게 됐다'는 인터넷 서점 저자 소개란의 정보는 틀린 것이다). 하지만 자기가 읽은 소설이 시시했다고 해서 누구나 소설가가 되지는 않는다.

그렇다면 어떤 사람이 소설가가 되는가. 태풍이 불어닥친 날 밤 이부자리에 누워 50년도 더 지난 소년 시절의 일을 계속해서 떠올리는 사람, 사막을 걸어가던 얼굴도 모르는 청년의 뒷모습을 머릿속에 15년이나 담아두는 사람, 그렇게 자기 안에 작은 이야기들을 축적하고 숙성시켜 입체감 있게 만들 줄 아는 사람. 어쩌면 그런 사람들만이 소설가가 되는 게 아닐까라는 가설을, 나는 테루의 글을 읽으며 세워봤다. 그는 정말이지 작은 것을 통해 깊은 울림을 줄 줄 아는 작가다. 테루를 좋아하는 마음은 다행히 번역이 끝난 후에 훨씬 커져 있었다.

그러나 아무리 좋아하는 작가의 책이라도 자기만족만을 위해 작업하는 번역가는 없다. 과정이 행복하고 즐거웠다 해도 읽어주는 사람이 없다면 그 번역은 존재 의의를 잃는다. 그러니 테루의 문체가 지닌 간결함과 서정성, 담백한 아름다움을 모쪼록 많은 분들이 알아봐주시기를 바란다. 좋은 것은 나누면 더 좋아지는 법이니까.

2021. 봄
이지수

생의 실루엣

초판 1쇄 발행 2021년 5월 1일
초판 4쇄 발행 2024년 11월 5일
지은이 미야모토 테루
옮긴이 이지수

발행인 박지홍
발행처 봄날의책
등록 제311-2012-000076호 (2012년 12월 26일)
서울 종로구 창덕궁4길 4-1 401호
전화 070-4090-2193   E-mail springdaysbook@gmail.com

기획·편집 박지홍
디자인 공미경
인쇄·제책 한영문화사

ISBN 979-11-86372-83-8 03830